Mystère des sables

Collection Fleuve

Mystère des sables

Marie Lubac

Dynamots Éditions

B.P. 110
26001 VALENCE Cedex
pour la présente édition

Conception graphique : Damien Baslé
Photo de couverture : Dynamots

ISBN : 2-910495-25-6

Imprimé en France par
Impressions Modernes
07500 GUILHERAND GRANGES

Dépôt légal : 3ème trimestre 2005

Numéro d'impression : 1507205

Conforme à la loi 49.956 du 16 juillet 1949
sur les publications destinées à la jeunesse.

Est-ce toi qui donnes la vigueur au cheval ?
Et qui revêts son cou d'une crinière flottante ?
Le fais-tu bondir comme la sauterelle ? Son fier hennissement
répand la terreur. Il creuse le sol et se réjouit de sa force,
il s'élance au devant des armes, il se rit de la crainte,
il n'a pas peur.

PROLOGUE

Cœur d'Écorce renâcla nerveusement. Il tendit les naseaux et effleura le sol poussiéreux, en quête d'un brin de luzerne séchée. Mathieu reprit ses rênes et jeta un coup d'œil autour de lui. La foule bigarrée allait et venait entre le manège et la carrière. Il avala sa salive en essayant de ne pas penser à l'odeur de friture. À quatre heures de l'après-midi. Pourquoi est-ce que ça ne sentait pas plutôt le chocolat ? Il chercha des yeux ses parents. Thomas était en pleine conversation avec l'un des moniteurs… Natalye longeait les boxes. Le garçon lui fit signe de revenir. Elle accourut, prête à aider. Il lui confia le rouan et profita de ces quelques minutes de répit pour reconnaître le parcours à pied, récapitulant mentalement tous les conseils reçus. Ne pas oublier que Cœur d'Écorce avait tendance à se dérober du côté gauche, surveiller l'impulsion dans le tournant, regarder *au-delà*, être précis mais doux avec le demi-arrêt…

Le haut-parleur grésilla, hoqueta et finit par annoncer le premier concurrent. Mathieu se faufila sous une barrière, tapota les chevaux qui piaffaient en attendant d'entrer dans la carrière. Il rejoignit sa mère et but une gorgée dans la canette qu'elle lui tendait. Thomas était à côté d'elle, griffonnant sur son carnet.

— Tu ne vas pas recommencer ? Ton fils passe dans dix minutes, tu pourrais au moins l'encourager, dit Natalye en fronçant les sourcils. Elle rendit les rênes à l'adolescent.

— C'est idiot de partir en vacances le jour d'un concours, maugréa Thomas. J'ai trouvé un moniteur qui veut bien s'occuper du bourrin après notre départ.

— C'est un *cheval*, papa.

— Ton grand-père utilisait aussi ce terme et tu ne lui disais rien. Enfin, bref. Ça va bientôt être à toi, Mathieu. Prépare-toi. Mets-toi en selle, je ne sais pas, moi.

— T'as besoin de prendre des notes ici ?

Thomas haussa les épaules. Natalye lui prit son carnet en soupirant et le rangea dans son sac. Mathieu entraîna son père et Cœur d'Écorce vers l'entrée de la carrière.

— Vous avez fait tomber un papier, m'dame.

La jeune femme sourit au vendeur de hot dogs et ramassa l'enveloppe. Elle aperçut le mot "ranch", pensa qu'il s'agissait de la facture des cours et la glissa dans le livre qu'elle s'était promis de lire pendant les vacances.

— Tu viens, maman ?

Natalye posa son sac contre le mur et courut vers Mathieu qui se hissait en selle. Elle guida le cheval à travers les spectateurs. Thomas eut un sourire amusé et vint récupérer son carnet avant d'aller les rejoindre. L'énoncé du temps précédent résonna. Les applaudissements crépitèrent.

On appela le numéro trois. Mathieu se souvint que c'était le sien et une grosse boule se noua dans sa gorge. Il fit avancer Cœur d'Écorce.

Le sable crissait sous les sabots. Une demi-seconde de silence... le son aigrelet de la clochette... un coup des talons... et la peur disparut.

Les chocs successifs des battues cessèrent. La clochette retentit à nouveau. Mathieu sentait la sueur lui couler le long du dos. Il enleva sa bombe et dégrafa discrètement son col. Il sortit machinalement, salué par la foule. Son temps, en lui-même, lui était indifférent, il aurait simplement voulu...

Thomas lui faisait signe de se dépêcher. Il descendit du cheval et le confia au moniteur. Natalye s'était installée au volant. Elle se mit à rire.

— On dirait une tranche de crumble, lança-t-elle. T'es plein de sable. Hé ! Je n'emporte pas le sol du ranch avec nous en Angleterre. Tu quittes tes bottes.

Mathieu jeta sa veste dans le coffre et se glissa sur la banquette arrière. Thomas s'assit à côté de sa femme et claqua la portière.

Natalye lui jeta un coup d'œil en coin. Il n'avait pas l'air trop mécontent, il sifflotait même avec un sourire mystérieux. Les vacances s'annonçaient déjà mieux.

La voiture démarra. Mathieu aperçut une grande ombre, un klaxon désespéré lui hurla aux oreilles et il y eut un choc horrible. Une tache rouge dansa dans un bourdonnement de mouches étranges. Un éclair bleu passa, déchirant le brouillard. Derrière lui s'ouvrait le gouffre…

Thomas gémit. Il eut une sorte de gargouillement plaintif et s'affaissa contre la portière défoncée en murmurant *Seigneur...* alors qu'une grande lumière l'enveloppait de ses voiles chatoyants...

La douleur s'irradiait dans tout son corps maintenant, s'insinuant dans ses pensées. Natalye tâtonna autour d'elle. Elle agrippa le carnet de Thomas, sentit le crayon rouler sous ses doigts. Elle eut la pensée très nette qu'elle devait confier Mathieu à... les mots lui vinrent soudain très facilement.

Elle entendit encore qu'on parlait d'un van entré brusquement dans le haras, d'une collision inévitable... et ce fut tout.

Le grand étalon releva la tête. La lune faisait glisser des reflets bleutés dans sa lourde crinière. Un cimier de crins de jais pendait sur son œil droit. Il renifla bruyamment, s'ébroua, s'approcha de l'eau et but longuement, les oreilles dressées. Une sourde menace planait sur le troupeau, son instinct l'en avertissait...

La jument se détachait nettement dans la nuit, comme une pierre blanche dans son écrin. À côté d'elle, son poulain somnolait, confiant. Elle le frôla de ses naseaux, cligna des paupières. Seul son œil gauche distinguait les ombres de la prairie, mais elle devinait que l'une d'entre elles profitait du vent.

À peine effleuré par la brise, le poil déjà luisant et les muscles contractés, le solitaire fixait les chevaux endormis, son ennemi... la jument couleur de neige dont le sang coulait aussi dans ses veines. L'heure viendrait bientôt où il dominerait à son tour sur le troupeau.

Un cabas était resté appuyé contre les boxes. L'un des moniteurs trébucha contre lui en éteignant les lumières, ce soir-là. Le sac contenait un tube de crème solaire, une carte de Picardie, un paquet de chewing-gums, des lunettes de soleil, un foulard et un exemplaire neuf de *L'Australie, terre de cocagne*. Le moniteur estima qu'il lui était inutile d'aller aux objets trouvés. Il donna le livre à son frère et remisa le sac dans un carton à déguisements.

CHAPITRE 1

Il habite les lieux brûlés du désert

Heartley essuya son visage en sueur et repoussa une mèche grise de poussière. Il se tourna vers la montagne, une expression de défi menaçante sur ses traits burinés.

— Je t'aurai ! hurla-t-il en brandissant le poing vers son ennemi invisible. Tu ne m'échapperas pas !

Il lança un dernier regard furieux aux murailles rouges sur lesquelles se répercutaient ses paroles, et fit faire demi-tour à son cheval.

— Allez, les gars, on rentre.

Les hommes du ranch le suivirent sur le périlleux sentier en hochant gravement la tête. Intérieurement, Heartley faisait déjà un nouveau plan de capture. Aucun des *stockmen*, pourtant endurcis, n'osait lui adresser la parole, tant son visage était renfermé.

Heartley avait beau être un bon patron, il n'en était pas moins rude et se montrait intransigeant vis-à-vis de ceux qui transgressaient les règles établies. C'était un homme de taille moyenne, entre deux âges, au corps sec et dur. Ses yeux bleus pouvaient aussi bien pétiller de bonne humeur que lancer des éclairs de colère foudroyants.

En arrivant en vue des enclos et du grand corral, Heartley mit son cheval au galop et rejoignit les écuries. Il mettait pied à terre lorsque la vieille gouvernante, Zoé, sortit sous la véranda.

— Patron ! appela-t-elle. Une lettre pour vous. Elle est marquée urgent !

Heartley lança les rênes de son cheval avec un mot d'excuse à l'un des hommes qui l'accompagnaient et marcha à longs pas vers la maison sous le soleil écrasant de l'été australien.

Zoé avait posé la lettre sur la table du salon et reculé jusqu'à la porte du couloir. Cependant, elle ne sortait pas. Elle observait Heartley de ses yeux noisette aux coins plissés par de nombreux sourires maternels. Ses cheveux gris bouclaient, enfarinés sur sa nuque, retenus par une vague résille noire. Elle essuya ses mains sur son tablier à grosses fleurs en hochant la tête. Le patron recevait si peu de lettres – encore moins barrées de la mention “urgent”. S'agissait-il d'une mauvaise nouvelle ?

Heartley décacheta l'enveloppe, perplexe. L'écriture lui en était inconnue, mais elle indiquait bien *Matthew Heartley, Silver Horse Ranch, Oodnadatta, Australie*… Le cachet indiquait Beauvais, France. Heartley ne connaissait pas l'expéditeur, un certain… peu importait !

Il soupira et chercha un fauteuil des yeux. Il allait s'asseoir lorsque l'un des en-têtes attira son regard : François Llorar… *Pompes Funèbres.*

Il tâtonna d'une main, cherchant l'accoudoir, les yeux toujours fixés sur la liasse, et finit par trouver son siège favori près de la baie vitrée.

Monsieur,

J'ai le regret de vous informer que suite à la collision d'un van et de leur voiture, votre demi-frère Thomas Mens et son épouse Natalye sont décédés…

Heartley releva la tête pour échapper à la suite de la phrase. Son regard rencontra le cadre où *elle* lui souriait depuis dix-sept ans, maintenant. “Et son épouse Natalye…”

Thomas et lui étaient tombés amoureux des mêmes cheveux blonds dénoués, des mêmes yeux brun or, du même rire insouciant.

Elle avait choisi Thomas.

Heartley sentit que son poing se serrait sur la liasse de papiers. *Thomas, mon demi-frère. Mon petit frère… le fils du deuxième mari de maman…*

Quand Thomas lui avait annoncé le mariage, il avait explosé. Il s’était senti trahi. Il avait cherché une porte de sortie, il avait fui, étouffant de rage et de jalousie. L’Australie lui avait paru suffisamment loin.

Il n’avait rien dit à Natalye. Il était resté son meilleur ami, par courrier, quelques mois. Puis il avait coupé les ponts, parce qu’entendre parler sans cesse de Thomas, c’était trop dur.

Il lui avait laissé son adresse… mais elle n’avait jamais plus écrit.

Dix-sept ans s’étaient écoulés.

Et à présent… Bill l’avait pourtant assez répété, il était trop tard pour que le soleil ne se couche pas sur la colère des deux hommes.

Heartley rabaissa son regard sur la lettre.

> *“Vous trouverez ci-joint les derniers mots de votre belle-sœur, qui s’adressent à vous…”*

Il chercha le précieux message parmi les feuilles qui gonflaient l’enveloppe.

> “*Matt,* avait tracé une main devenue tellement maladroite, *occupe-toi de mon fils Mathieu...*”

Les brèves lignes s’arrêtaient là. Natalye avait essayé de signer, mais seuls un N et un M entrelacés, maladifs et tremblants, en témoignaient.

Heartley posa l'enveloppe et la liasse sur le guéridon, ne conservant à la main que le morceau de papier froissé.

"Matt..." il ne lui avait donc pas été complètement indifférent, puisqu'elle pensait à lui aux portes de la mort.

Dans son agonie, elle lui confiait son enfant, cet enfant qui était aussi celui de ce demi-frère si longtemps haï...

Son fils porte le même nom que moi…

Et si le garçon s'avérait être du même caractère que son père… s'il avait son hypocrisie, sa violence, son goût des choses ultramodernes, sa haine de Dieu, s'il méprisait la nature... et par conséquent la vie rude que menait Heartley dans le désert australien ?

— Patron ?

Zoé s'était approchée, avait posé sa main sur le bras du vieil homme.

— Patron, qu'allez-vous faire ?

Sachant qu'elle était la seule à avoir le droit de le faire, la gouvernante avait lu la lettre du notaire adressée à Heartley, par-dessus son épaule.

— Je ne sais pas. Peut-être que la famille de… Natalye…

— Vous savez bien qu'ils sont partis avant elle.

— Alors… Jef… Il voudra la tutelle du gamin. J'ai confiance en lui et…

— S'ils n'en parlent pas, c'est qu'il est mort lui aussi. Bien sûr que votre beau-père aurait aimé l'élever. Ils seraient venus tous les deux, ici. M. Mens aurait adoré l'Australie. J'en suis certaine.

— Jef… Si ce n'est pas lui, il faut que ce soit moi. Elle… elle le voulait.

— Elle avait eu un enfant… et nous ne l'avons pas su…

— Elle n'a sans doute pas pu envoyer le faire-part. Thomas était si...

Mais je ne veux pas revenir là-dessus maintenant. Laissez-moi seul. S'il vous plaît.

— Patron, insista doucement Zoé, avez-vous tout lu ?

— Pourquoi ? s'étonna-t-il en sortant de sa torpeur provoquée par les souvenirs. Il prit la lettre qu'elle lui tendait et sursauta :

— Oh, non ! Il faut que je réponde avant demain.

Certaines missives, surtout celles qui viennent de l'étranger, mettent parfois un mois pour parvenir à leur destinataire du *bush* australien.

Heartley n'était pas le seul éleveur d'ovins dans un rayon de deux à trois cents kilomètres autour d'Oodnadatta.

Il y avait le ranch de Bill et Yaël Evens, le plus proche. Bill était son meilleur ami. Ils étaient arrivés en même temps dans la région et s'étaient battus seuls contre la chaleur, les tempêtes de sable et les animaux sauvages, avant de découvrir qu'ils affrontaient des difficultés semblables et qu'ils pouvaient s'épauler pour avancer plus vite.

Les voisins les moins éloignés, après eux, étaient le docteur David Grew et Rachel Fizz. Ils étaient veufs tous deux et leurs ranchs étaient accolés l'un à l'autre. Le principal sujet de plaisanterie entre la fille de David et les enfants de Rachel était le mariage de leurs parents. Il y avait bien dix ans que Mr. Grew faisait la cour à Mrs. Fizz et qu'elle-même lui lançait des œillades, sans que ni l'un ni l'autre ne se décidât à faire le premier pas.

La dernière propriété de la région était celle d'Ulrich et Lilith Calm. Ils avaient été les premiers à s'installer dans les environs.

Leur point commun était qu'outre l'élevage des "mérinos", ils pratiquaient aussi celui des chevaux. Ils se retrouvaient plusieurs fois par an pour confronter les champions respectifs de leurs ranchs sur un parcours soigneusement défini au bord de *Great Victoria Désert*, dans le but de les entraîner pour la course annuelle de Kingoonya. Le dimanche, à l'église d'Oodnadatta, ils échangeaient les nouvelles et les problèmes de la vie quotidienne, partageant le bonheur simple d'être ensemble sous le regard de Dieu.

Tout en se remémorant ce qui faisait de lui un homme heureux malgré les difficultés qu'il rencontrait, Heartley roulait en direction de la ville. Quelques semaines s'étaient écoulées depuis qu'il avait reçu la lettre. Il avait fait toutes les démarches nécessaires pour obtenir la tutelle de son neveu. Il ne lui restait plus qu'à faire connaissance avec son homonyme et à espérer que les choses ne seraient pas aussi difficiles qu'il le craignait.

En arrivant à l'aéroport, il confia sa Jeep à un ami garagiste et prit son billet. Il restait juste la place d'un passager. Avant de monter dans le petit avion, le rancher erra dans le hall, son sac à la main.

— Hé ! *G'day*, Matt ! cria une voix derrière lui.

Il se retourna et vit Bill qui le hélait.

— Tu viens chercher un colis ? demanda ce dernier en s'arrêtant, essoufflé, au niveau d'Heartley.

— Pas exactement, marmonna son ami.

— Tu en fais, une tête ! s'exclama Bill. Yaël dirait qu'il y a de l'orage dans l'air... Qu'est-ce qui ne va pas, vieux ?

— Thomas est mort, Bill.

— Oh ! Désolé, Matt... et Natalye ? Elle...

— Aussi.

Bill passa un bras autour des épaules d'Heartley avec douceur.

— Viens t'asseoir, dit-il gentiment. Il le conduisit jusqu'à la banquette usée qui courait le long des murs du hall.

— Tu ne pars pas en France, j'espère ? demanda-t-il en montrant le sac que tenait toujours son ami.

Heartley releva la tête et regarda Bill droit dans les yeux :

— Natalye avait un fils. Elle me l'envoie. Je veux dire… on m'en a confié la charge.

— Mais…

— Avant de mourir, elle a eu le temps d'écrire ça.

Il tendait à Bill le papier trouvé dans l'enveloppe.

— Ah… d'accord.

— Je ne le connais pas, Bill. En plus, son père lui aura sûrement appris à me mépriser, ajouta-t-il d'un air encore plus sombre.

— Matt, le reprit Bill, calmement. Natalye ne t'a jamais détesté ! Elle n'aurait pas permis que son fils te haïsse, alors que ce fils aurait très bien pu être le tien.

— Tu crois ?

— J'en suis sûr, Matt. Écoute-moi : ne te mets pas dans la tête que ça va être difficile. Essaie d'être compréhensif. Ce gamin n'aura certainement pas le cœur à te détester, il vient de perdre ses parents.

— Bouée de sauvetage ? sourit Heartley.

— Exactement ! Et puis tu sais que Dieu t'aidera, et nous aussi.

— Je…

Le haut-parleur lui coupa la parole, annonçant le départ. Heartley prit son sac et fila vers l'avion, alors que Bill lui adressait un dernier signe de la main.

CHAPITRE 2

Je ne vous laisserai pas orphelins, je viendrai à vous

En entrant dans le hall de l'aérogare de Sydney, le vieil homme s'en voulait à nouveau. Avait-il eu raison d'accepter la tutelle du gamin ? Il était vrai qu'on ne lui en avait pas vraiment laissé le choix. Et en plus de tout le reste, il était en retard.

Il promena un regard agacé autour de lui, cherchant celui qu'il supposait être son neveu : un garçon hautain, encombré de bagages inutiles, aux cheveux raides et noirs, avec les yeux gris et la même expression méprisante que Thomas... Mais personne ne répondait à ce signalement. Cependant, la lettre du notaire spécifiait bien que Mathieu prendrait ce vol.

Heartley avisa un garçon d'environ dix-huit ans et l'aborda sans réfléchir en anglais :

— Hello ! Tu ne t'appellerais pas Mathieu Mens, par hasard ? Je suis Matt Heartley, ton...

— Laisse-moi, pépé, et va radoter ailleurs ! le rabroua fort impoliment le déplaisant personnage.

Sur le coup, Heartley resta muet de stupeur. Mais lorsqu'il se reprit, le jeune homme avait disparu, lui laissant dans les oreilles son ricanement semblable à une odeur nauséabonde.

Une femme, chargée d'une énorme valise et tenant par la main une fillette, le bouscula. Heartley entendit dans un chuchotement les paroles de l'enfant qui s'éloignait :

— Oh maman, il avait l'air tout triste, le vieux monsieur...

Était-ce vrai ? Était-il déjà un vieillard que son neveu ne manquerait pas de mépriser ? Bill disait le contraire...

Heartley s'approcha d'une glace qui suivait le mur du hall, avec une impression de malaise. Il regarda se refléter ses cheveux grisonnants et sa haute silhouette solide d'homme rude.

Derrière lui, la foule passait et repassait dans un sourd brouhaha. Dans l'angle du miroir, un voyageur était assis sur la banquette, de l'autre coté du hall. Il se retourna lentement et observa l'inconnu. C'était un garçon d'une quinzaine d'années, habillé d'un jean et d'un pull noir trop épais pour la saison. Il avait d'épaisses boucles blondes, un visage aux traits fins sur lequel retombaient deux mèches, un corps d'apparence assez frêle. À côté de lui était posé un gros sac de voyage, d'un bleu délavé. Enfin, détail remarquable, une bande de gaze blanche lui barrait le front.

Heartley tira de sa poche la lettre du notaire.

"Votre neveu était dans la voiture lorsque l'accident a eu lieu. Il est resté plusieurs jours inconscient, entre la vie et la mort. Il a donc repris connaissance pour apprendre qu'il était orphelin. Selon toute évidence, c'est un garçon assez fragile. Cependant, il a montré une force de caractère surprenante lorsqu'on..."

Le Patron releva la tête et considéra encore une fois le visage pâle et empreint de tristesse de l'adolescent. Enfin il se décida, et s'avança vers lui.

— *Welcome to Oz,* fit-il pour engager la conversation.

L'inconnu leva les yeux. Heartley tressaillit. Ce regard immense, brun doré… les yeux d'un souvenir…

— Euh…

Il se racla la gorge, retrouvant difficilement sa langue maternelle.

— Dis-moi… tu ne t'appelles pas Mathieu Mens… bien sûr ?

— Si.

La voix calme et douce ne tremblait pas de sanglots contenus.

— Vous êtes mon oncle ?

— Eh bien… Oui. Je suis désolé pour…

— Ce n'était pas votre faute, coupa le garçon. C'est moi qui suis désolé de débarquer chez vous, après tout ça – vous le savez bien.

Heartley le regarda avec surprise. Ainsi donc, son neveu connaissait les relations qui existaient… qui avaient existé, entre lui et Thomas…

— Je comprends. Bon… Tu es prêt ? Ce sont tes bagages ? ajouta Heartley en désignant le sac bleu.

— Oui. Où va-t-on ? Je vous suis.

L'homme constata que la voix de l'adolescent avait tremblé, puis s'était raffermie. Avec courage.

— Nous avons un nouvel avion à prendre. Je pense que nous serons au ranch avant ce soir…

— Au ranch ? répéta Mathieu avec dans ses yeux bruns comme une soudaine étincelle de joie.

— Bien sûr. Est-ce qu'on ne t'avait pas dit que je faisais de l'élevage ?

— Non. Je croyais que vous habitiez en ville et…

Il s'interrompit devant l'expression affectueuse qui naissait sur les traits d'Heartley.

— Euh… qu'est-ce que vous élevez ?

— Des mérinos. Des moutons, si tu préfères... et des chevaux.

— Des chevaux ?!

— Ouais, fit Heartley sans chercher à dissimuler sa satisfaction. Tu verras, de ta chambre, on domine le corral. Tu sais, je n'utilise jamais la jeep au ranch. Si tu veux vivre avec nous, il te faudra apprendre à te servir d'un cheval.

— Mais je sais monter ! protesta Mathieu indigné, sans pour autant perdre l'étincelle de joie allumée dans ses prunelles couleur de sable.

Heartley réprima un sourire.

— Tu as appris dans un manège ?

Mathieu ne répondit pas. Le regard à nouveau perdu dans le vague, il semblait ne pas avoir entendu et le vieil homme crut voir une larme perler aux cils de Natalye.

L'avion se posa en douceur, longeant les balises égrenées sur les bords de la piste. Elles étaient déjà allumées bien que ce ne fût encore que le soleil couchant. Une bande jaune incendiait l'horizon et chassait les nuages roses dans le ciel assombri.

Heartley se pencha vers Mathieu et l'appela gentiment, lui secouant l'épaule sans brutalité.

— Nous sommes arrivés.

L'adolescent grogna dans son sommeil, remua, se retourna et s'éveilla. Ils récupérèrent leurs bagages, la Jeep, et se mirent en route pour le ranch.

Mathieu quitta ses baskets sans les délacer et se pelotonna sur la banquette. Heartley poussa un soupir et se cala dans son siège. Il jeta un coup d'œil à son neveu qui, épuisé par le voyage qu'il venait de faire, somnolait déjà. L'homme étendit sa grosse main calleuse et frôla timidement la joue du garçon. Il était si fragile, si vulnérable... comme sa mère. Il faudrait le protéger ; il fallait le garder, lui.

La nuit était tombée. Dans un halo, les phares de la Jeep éclairaient la piste déserte.

Bientôt ils dépassèrent les premiers enclos, sous le portique qui brillait doucement à la lueur des étoiles.

Heartley avisa les fenêtres de la véranda. Le salon n'était pas éteint, la baie vitrée encore entrouverte. Zoé devait sans doute les attendre. Le vieil homme gara la jeep, sortit son sac et celui de Mathieu, puis réveilla son neveu. Titubant encore de sommeil, le garçon traversa la cour, ses chaussures à la main, et entra dans la maison.

Zoé sourit avec attendrissement devant l'air endormi du nouveau venu. Elle dit simplement :

— Hello, Mathieu. Bienvenue au ranch !

Heartley posa sa main sur l'épaule de son neveu.

— Voici Zoé, la gouvernante. Je te présenterai aux stockmen demain. Non seulement à cette heure-ci ils doivent dormir, mais...

Il lança un coup d'œil amusé à la silhouette chancelante de Mathieu.

— Mais tu devrais être couché, toi aussi. Viens, je vais te montrer ta chambre.

Ils quittèrent la pièce. *Comme il ressemble à sa mère...* songea Zoé en jetant un regard apitoyé vers la photographie encadrée de crêpe noir sur le mur. Elle éteignit la lumière et... se prit les pieds dans les baskets de Mathieu.

— Je t'avais promis des chevaux, des cow-boys et des moutons. Les voici ! déclara Heartley en déployant d'un geste rempli de fierté les richesses de son ranch sous les yeux éblouis de Mathieu.

Le garçon n'en revenait pas. Dire qu'il avait cru partir vivre dans les immeubles et les gratte-ciel d'un pays lointain. Et voilà que maintenant cet oncle qu'il avait cru rébarbatif se révélait enchanteur ! Il avait l'impression de nager dans un bonheur irréel... Même s'il lui arrivait parfois de fermer les yeux très fort et d'empêcher son menton de trembler, il relevait ensuite la tête et un sourire anoblissait de courage ses traits fins.

Heartley feignait de ne pas voir ces moments difficiles et attendait que son neveu soit à nouveau sûr de lui pour continuer.

— Évidemment, les anciennes Jeeps de l'armée, c'est pas le grand luxe. Par ici on enlève le toit, généralement. C'est plus pratique. Et maintenant suis-moi, Mathieu. Tu dois te choisir un cheval et apprendre le métier. Chacun, ici, a une fonction précise. Tu en auras une aussi.

Il conduisit le garçon jusqu'au corral.

— Tous les hommes ont pris leurs montures. À part mon cheval qui est resté, tu peux choisir n'importe quelle bête.

— Vraiment ? demanda Mathieu, ahuri de ce qui lui arrivait.

— Vraiment, acquiesça son oncle en souriant.

Grimpant sur la barrière, l'adolescent contempla les magnifiques bêtes qui évoluaient paisiblement dans l'immense prairie aride. Heartley avait choisi et élevé les chevaux de façon à n'obtenir que les plus susceptibles de s'adapter aux rudes conditions de vie australiennes.

Mathieu avait donc devant lui des animaux superbes et pleins de vie.

— Celui-ci est génial, déclara-t-il en désignant l'un des chevaux, un bai brûlé qui galopait autour des autres. C'est sûrement le vôtre...

— En effet, répondit Heartley en souriant. Il s'appelle Brazen Will. Mais c'est le seul que tu ne puisses pas prendre.

— Oh non ! je n'en avais pas l'intention. Comment s'appelle celui-ci ? ajouta-t-il en caressant les naseaux veloutés d'une des bêtes, qui s'était approchée quêtant une friandise quelconque. Il s'agissait d'un cheval pie, aux longs crins roux et crème.

— C'est Piebald Sugar. Il te plaît ? C'est une très bonne monture, docile, sympathique. Qu'en penses-tu ?

— Je peux l'essayer ?

— Bien sûr.

Tout en marchant vers la sellerie, après avoir noué un licol à la tête du cheval qui suivait avec complaisance, Mathieu demanda :

— C'est le fils de Brazen Will ?

Heartley se rembrunit soudain. Puis d'une voix sourde :

— Oui, et de Stainless Idyll, qui a donné son nom au ranch.

— Et Idyll, où est-elle ?

— Je n'en sais rien.

Le vieil homme avait attrapé le bras de Mathieu et il le serra avec une telle violence que le garçon, surpris, lâcha un cri de douleur.

Le Patron se reprit rapidement.

— Désolé, dit-il, les sourcils froncés. Je déteste qu'on me pose cette question. Je vais t'expliquer.

Puis il entraîna Mathieu, toujours par le bras, dans son bureau, où il le planta devant le mur qui se trouvait à l'arrière de sa table de travail.

— Voici Stainless Idyll.

Il désignait un cadre suspendu au mur sur lequel flottait, dans un saut parfait au-dessus d'un obstacle bariolé, une jument d'un blanc argenté qui semblait étinceler victorieusement sous le soleil estival.

CHAPITRE 3

Et moi je prierai le père et il vous donnera un autre consolateur

Heartley attrapa une chaise et fit signe au garçon de s'asseoir.

— Vois-tu, Mathieu, commença-t-il en soupirant, "Stainless Idyll était une extraordinaire championne de saut d'obstacles. Elle était même capable de franchir deux mètres avec une telle légèreté qu'elle semblait littéralement voler. Un jour..."

Il hésita, déglutit péniblement.

— Un jour elle a été enlevée par Setting Sun Thief.

— Qui est-ce ?

— Un étalon sauvage qui rôde dans la montagne et qui vient, au moment où le soleil se couche, voler des juments dans les ranchs de *Great Victoria Desert*. On ne retrouve généralement jamais ces pauvres bêtes... encore qu'elles doivent être heureuses dans cet immense troupeau.

— Et Stainless Idyll ?

— Je ne l'ai jamais revue – il y a trois ans qu'elle a disparu. Certains disent qu'il y a un cheval très blanc dans le troupeau, mais tu sais... Comme il se compose essentiellement de shagyas... je doute de récupérer un jour ma Stainless.

— C'est déjà arrivé à d'autres propriétaires ?

— Quoi donc ? De retrouver leurs juments ? Bien sûr. Mais ça ne valait guère mieux que de les perdre.

— Pourquoi ?

— Parce qu'elles étaient devenues à moitié sauvages. Ou alors elles mettaient – ou avaient mis – bas un affreux petit poulain, rebelle à tout.

— Je comprends, murmura Mathieu en fixant le bout de ses bottes d'équitation d'un air pensif.

Heartley se détendit et sourit :

— Il fallait bien que tu finisses par poser la question. Encore désolé d'avoir été si brusque. Alors, on le fait, cet essai ?

Ils descendirent ensemble et se dirigèrent vers les enclos autour desquels serpentait la trace du camion, ancrée dans le sable. Noah, un des stockmen, avait sellé et bridé Piebald Sugar, attaché à la va-vite par Heartley à la rambarde de la véranda.

Noah souriait au Patron de toutes ses dents éclatantes dans un visage couleur café. Ses yeux noirs brillèrent joyeusement lorsqu'ils se posèrent sur Mathieu. Un collier de barbe crépue lui soulignait la mâchoire. Il tendit les rênes à Mathieu en disant :

— Piebald Sugar a envie de travailler, *sir*, pas de problème !

Heartley éclata de rire, rasséréné. Il abaissa son *Stetson* et ses yeux se mirent à pétiller gaiement dans la pénombre.

— Je te présente le meilleur dresseur du coin, Mathieu, lança-t-il. Le roi des cavaliers et... un très bon gardien de troupeau aussi, ma foi.

— Ça va, Patron. N'en jetez pas trop.

— Je m'attendais à ce que tu me rendes la pareille, Noah, plaisanta Heartley sans cesser d'observer son neveu.

D'un bond souple, Mathieu se hissa en selle presque sans l'aide de l'étrier. Un éclair de satisfaction passa dans le regard bleu métallique d'Heartley. *Un bon point pour lui. Je me demande s'il galope aussi bien...* Il leva le bras en signe de départ.

— Fais-lui faire le tour des enclos au pas, le temps que tu te repères, Mathieu. Et après, reviens ici ! cria-t-il à son neveu, avant d'aller s'accouder à la barrière, à côté de Noah.

— Alors, Piebald Sugar, murmura Mathieu en se penchant sur l'encolure bicolore de son cheval et en caressant l'opulente crinière, "on dirait que toi et moi allons devenir de bons amis, pas vrai ?"

Piebald Sugar s'ébroua gentiment. Heartley n'avait pas exagéré. C'était vraiment une bête sympathique.

Mathieu se redressa sur la selle et ramena les rênes dans sa main droite afin de mettre l'autre en visière. À quelques mètres de lui se trouvaient les enclos. Les mérinos bêlèrent à l'intention de Piebald Sugar qui, bien qu'il eût déjà vu plus de cent fois ce spectacle, voulut s'approcher de la barrière en toute curiosité. Mathieu l'y autorisa, tout en gardant le contrôle de sa monture.

Lorsque le cheval se désintéressa des moutons, le garçon le ramena vers le milieu de la trace et le mit au trot.

Heartley suivit le cavalier du regard avec stupéfaction. Jamais il n'aurait rêvé que son neveu monte aussi bien. L'adolescent bougeait à peine, malgré la cadence instable imposée à Piebald Sugar.

Seigneur, tu es sûr que c'est le fils de Thomas ? Il me semble que c'est trop beau pour être vrai !

Lorsque Mathieu s'arrêta au niveau de son oncle, ce dernier sourit largement.

— Pas mal du tout, dit-il en prenant la bride du cheval. "Vraiment, je te fais mes excuses pour ce que je t'avais dit !"

— Pas grave… répondit le garçon avec une gaieté sincère.

Heartley se surprit à se réjouir de la joie de son neveu.

— Et si tu le mettais au galop ? proposa-t-il rapidement pour échapper à ce nouveau sentiment. Piebald Sugar est relativement vif, mais je suis trop lourd pour lui. Je serais curieux de voir ce que ça donnerait avec toi.

— D'accord. Je fais combien de fois le tour de l'enclos ?

— Deux. Ça suffira pour un début.

Heartley recula jusqu'à la barrière et observa Mathieu qui plaçait sa monture au milieu de la trace. Il le vit se redresser, ramasser les rênes et lancer un coup d'œil attentif autour de lui.

— Décidément, ce gamin est génial ! s'exclama-t-il. Regardez, Noah, j'ai l'impression qu'il vérifie qu'il n'y a personne sur son passage.

Le lad sourit. Le Patron eut l'idée de tirer son mouchoir de sa poche et de l'agiter. Le résultat ne se fit pas attendre : comprenant que son oncle lui donnait le départ, Mathieu cessa de retenir Piebald Sugar et se pencha sur l'encolure pour encourager sa monture.

Le cheval passait au grand galop devant Heartley, lorsque quelqu'un lui tapa sur l'épaule. Il se retourna en fronçant les sourcils, puis se détendit et sourit :

— *G'day*, Bill. Je m'attendais à ta venue, tu sais.

Ils se serrèrent chaleureusement la main. Puis Mr. Evens s'accouda à la barrière à côté de son ami et désigna le cavalier qui faisait le tour de l'enclos.

— C'est ton neveu ?

— Oui. Regarde un peu comme il monte bien. Quel cadeau de Dieu !

Bill sourit devant la joie presque enfantine d'Heartley.

— Te voilà fier comme Artaban, hein, vieux frère ? Et reconnaissant, n'est-ce pas ?

— Tu parles ! Je n'aurais jamais imaginé qu'il soit comme ça.

— C'est-à-dire ?

— Et bien... Déjà, il monte superbement. Vise un peu ça, un vrai jockey.

— Il est tout seul sur ce que tu appelles pompeusement une piste, Matt.

— Il n'y a pas que ça, Bill, continua le vieil homme, ignorant délibérément la remarque de son ami. "C'est le portrait craché de Natalye."

— Ah bon ?

— Tu vas pouvoir le comparer au portrait du salon par toi-même.

Mathieu terminait son second tour. Heartley lui fit signe de s'approcher et lui présenta William Evens. Puis il l'envoya aux écuries.

— Qu'est-ce que je te disais ?

— C'est stupéfiant. Je me demande la tête que fera Yaël quand je le lui dirai... Quand est-ce, notre prochain entraînement ?

— Vendredi. On le présentera à la Tribu.

— À mon avis, il fera un tabac.

"La Tribu" à laquelle faisait allusion Heartley n'était autre que le groupe formé par les turbulents enfants des cinq ranchs. Bill éclata de rire et suivit son ami vers la véranda où, à force de supplications feintes et de plaisanteries, Zoé obtint qu'il dînât avec eux.

La femme de charge apporta un canard rôti et le déposa sur l'assiette du patron pour qu'il le découpe.

— Tu es vraiment très doué, Mathieu, dit Heartley en prenant son couteau. "Il ne te faudra pas longtemps pour donner un coup de main aux stockmen."

— Tu en as déjà huit, protesta Bill. Laisse le gamin profiter de ses vacances. En plus il n'y a que Noah qui comprenne le français.

— Ils s'expliqueront avec des gestes.

— Et tu retrouveras tes moutons à l'autre bout de la *South Australia.* Je te souhaite bien du plaisir.

— Hé, c'est une blague, ou quoi ? L'anglais est à la portée de tout le monde, intervint Mathieu. Qui vous dit que je ne sais pas le parler ?

— Pas avec l'accent d'ici, en tous cas.

— C'est aussi mon avis, ajouta Heartley en tendant à son neveu un morceau juteux. *Would you like some duck ?*

— *Why, yes, thank you very much. It's my favourite food, you know,* répondit Mathieu en avançant son assiette avec un sourire ironique.

— T'es battu, Matt, gloussa Bill. Et sois pas radin, donne-moi une part plus grosse que ça, j'ai deux heures de route avant d'être à la maison.

Après le départ de son ami, Heartley alla s'accouder à la balustrade qui faisait le tour de la véranda. Mathieu l'y rejoignit dès qu'il eut fini d'aider Zoé à débarrasser la table.

Ils restèrent un long moment en silence, puis Heartley posa la question qui lui brûlait les lèvres depuis le dîner.

— Où as-tu appris à parler aussi bien l'anglais ? Ton père détestait cette langue...

— Maman le parlait malgré tout. Elle est née en Angleterre. Et puis grand-père me faisait réviser. Il parlait tout le temps de vous, disait que je vous ressemblais... il semblait avoir deviné qu'un jour je viendrais habiter ici. Du moins, il le voulait.

— Quand est-il mort ?

— L'année de mes treize ans.

— Jef... mon deuxième père... Et dire que je ne l'ai su que la semaine dernière... murmura Heartley en essayant de dissimuler son émotion.

— Mais, protesta Mathieu, étonné, je croyais que...

— Non, coupa son oncle sans brutalité, le père de Thomas n'a jamais vraiment aimé son fils. Alors que nous étions enfants, il me prenait sur ses épaules, m'embrassait, m'apprenait tout ce qu'un père apprend d'ordinaire à son fils, jouait avec moi... Thomas avait beaucoup de raisons de me détester.

— C'est aussi grand-père qui a convaincu papa de m'appeler Mathieu...

— Est-ce que... est-ce que ta mère était d'accord ?

Heartley retenait son souffle. Mathieu répondit enfin :

— Oui. On m'a dit qu'elle l'avait décidé longtemps avant ma naissance.

— Et...

— Où ai-je appris à monter à cheval ?

— C'est ça.

— Dans un manège, comme tout le monde ! répondit Mathieu avec un demi-rire forcé. C'est encore grand-père qui m'a offert ça. Il disait que vous lui manquiez beaucoup, et que si vous reveniez, je devais être digne de vous...

Heartley s'aperçut que Mathieu essayait vainement d'empêcher son menton de trembler. Il entoura les épaules de son neveu d'un bras protecteur et dit doucement :

— Tu es *mieux* que moi, Mathieu. Dans tous ces moments terribles, tu as montré un courage d'homme.

Il n'ajouta rien, mais Mathieu enfouit son visage dans la veste de son oncle.

— Elle me manque tellement !

— Je sais. Si tu savais comme elle m'a manqué, pendant toutes ces années... Nous devons faire face, tous les deux, et nous gagnerons ensemble contre le chagrin, tu verras. Et tu sais ? Je suis sûr que Dieu nous y aidera.

Il se mordit les lèvres. La phrase, si sincère, lui avait échappé. Il leva les yeux, inquiet de la réaction que pouvait avoir son neveu. Allait-il prendre ce que croyait son oncle pour une fable stupide, comme son père l'avait fait avant lui ? À moins d'un miracle...

Mathieu le fixait, plus étonné que choqué, ses larmes séchant sur ses joues.

— Vous êtes chrétien ? finit-il par murmurer.

— Oui... souffla son oncle. Puis, retrouvant son assurance, les yeux étincelants : "Bien entendu. Si je n'avais pas cru aux promesses de la Bible, je n'aurais jamais obtenu le ranch, cette vie et..."

Sa voix se brisa.

— La consolation.

Mathieu mit sa main dans celle d'Heartley et renifla.

— Moi aussi, dit-il, avec un sourire encore humide de larmes.

Son oncle le regarda sans comprendre.

— Moi aussi, je suis chrétien, répéta-t-il. Il ajouta plus gravement : "Comme maman et grand-père."

Heartley sursauta.

— C'est vrai ?

— Je ne mens jamais, insista son neveu.

Le vieil homme sourit.

— J'aurais toujours confiance en toi, alors.

Il attira Mathieu contre lui dans une étreinte paternelle et ils rentrèrent ensemble essuyer la vaisselle.

Au loin, les Monts Musgrave miroitèrent lorsque la lumière de l'entrebâillement de la porte passa sur eux.

Noah, qui rentrait les quelques mérinos malades ou trop vieux pour rester dehors la nuit, leva la tête vers le ciel sombre piqueté de diamants.

Et ce fut à ce moment-là qu'il crût entendre, là-bas, au bout de la prairie aride, *un galop qui n'était pas celui de Setting Sun Thief...*

CHAPITRE 4

Que personne ne méprise ta jeunesse, mais sois un modèle

La Jeep s'arrêta dans un nuage de poussière à côté des trois autres véhicules.

Les jumelles bondirent par-dessus les portières dans un ensemble parfait et coururent à la rencontre de Rachel Fizz et des deux autres jeunes filles qui s'extirpaient du fourgon, soigneusement astiqué pour l'occasion. Les demoiselles Evens lui donnèrent une tape en passant et rejoignirent leurs amies.

Il était impossible de savoir laquelle des deux adolescentes était Peggie – ou Prisca – si l'on ne connaissait pas le défaut qui allongeait les phrases de Peggie d'un “hein !”, gai comme un grelot de clochettes ; et celui qui poussait Prisca à demander sans cesse l'avis des autres, avec son immuable “non ?”.

Samantha Grew et Cynthia Fizz poussèrent des cris de joie en voyant leurs amies et échangèrent des bises retentissantes tandis que Bill et Yaël allaient vers le groupe des adultes, rassemblés sous la véranda.

Là, il y avait David Grew, un homme grand, aux cheveux châtains clairsemés et aux yeux noisette. Ancien médecin, il se consacrait désormais à l'élevage d'ovins. Puis, derrière lui, se tenait une petite femme rondelette et volubile, dont la tête était surmontée d'un chignon blond pâle qui tremblait dangereusement. Elle avait un peu trop de blush rose sur les joues, comme d'habitude, et ses yeux bleu mer étaient soulignés au crayon noir. C'était Rachel Fizz.

Heartley était assis dans un fauteuil entre Bill et Yaël Evens. Yaël ressemblait à une pionnière au milieu du décor sauvage et aride, avec ses anglaises à peine décoiffées par le vent chargé de poussière, et ses yeux gris enfantins.

Le dernier couple était Ulrich et Lilith Calm. Ancien militaire, le corps sec et rude, les favoris grisonnants, Ulrich redressait une altière moustache, la main de son épouse posée sur la sienne. Deux tresses en couronne retenaient les cheveux très blancs de Lilith. Elle savait enchanter "la Tribu", les jours de pluie, avec ses récits du temps où le ranch des Calm était le seul de la région.

Les jeunes étaient accoudés à la barrière, regardant les stockmen à cheval au milieu des moutons, accompagnés de leurs chiens.

La conversation, pour les jeunes filles, roulait cependant sur un tout autre sujet. Mrs. Ann Teach, leur professeur de danse néo-classique à Oodnadatta, préparait intensément le court spectacle que l'école présenterait à la fin de l'été, et les jeunes élèves devaient choisir une musique sur laquelle elles interpréteraient une chorégraphie inédite.

Cynthia se vantait d'avoir déniché le CD rarissime et Prisca, qui n'avait pas la langue dans sa poche, s'efforçait de lui démontrer le contraire.

— Et puis, disait-elle d'un ton ironique, tu n'es même pas sûre de ne pas te mettre à pleurer devant tout le monde le jour du spectacle ! Tu n'aimerais pas qu'Oliver se moque de toi, non ? C'est tellement pénible d'avoir un frère !

Cynthia repoussa une mèche blonde et frisée sur son front et haussa les épaules.

— Parle pour toi, Prisca. Qui a oublié son costume chez elle, l'année dernière ?

— C'était moi. Tu nous confonds encore, hein ? grogna Peggie. Je sens qu'on va finir par se mettre des rubans de couleurs différentes dans les cheveux !

Wilfried, le fils aîné d'Ulrich Calm, s'approcha et se mit à rire.

— Ça nous changera des nattes rousses ! lança-t-il.

Samantha rejeta la sienne en arrière et se planta devant le garçon.

— Qu'est-ce que ça veut dire encore, ça ?

— Rien, tu sais. Oh, rien du tout, se défendit Wilfried.

Oliver Fizz lui tapota la tête.

— Mais cet enfant devient de moins en moins entreprenant ! Reculerais-tu devant un lion, *cobber* ?

— Presque. Samantha est tout aussi dangereuse !

— Fais gaffe ! s'esclaffa Prisca, ça doit être à cause des chorégraphies qu'on fait en ce moment, n'est-ce pas, Samy ?

— Ça avance, au fait ? demanda John en s'approchant. Cynthia arrangea sa barrette d'un air désabusé. Prisca gloussa.

— Relativement bien. Mais Samy a un problème avec un certain tour, mhum ?

— Ouais. Il est trois fois trop dur ! gémit l'intéressée.

— Tu peux y arriver, je te l'ai dit des centaines de fois, hein, Samy ?

— Oh, tais-toi, Prisca. Pardon, Peggie. Finalement, c'est une bonne idée, les rubans.

— Samantha ! s'indignèrent les jumelles en chœur.

— Hé ! appela Oliver, penché sur la barrière. Il y a un nouveau stockman. Regardez !

— Il est plutôt mignon, non ?

— Prisca…

— Ben quoi ?

— Il… on dirait qu'il n'est pas aussi à l'aise que les autres, hein ?

— Normal, puisqu'il est nouveau ! souligna sans peine Cynthia.

— En tout cas, il a du courage de travailler par cette chaleur, remarqua Wilfried.

— C'est vrai, confirma John. De toute manière, il faut vraiment avoir envie de monter à cheval aujourd'hui !

— Des gens timbrés, on en trouve partout, même chez nous, hein Oliver ? dit Cynthia, perfide.

— Quelle mauvaise langue !

— Qu'est-ce que tu veux, c'est une fille, dit John en poussant Wilfried qui faisait semblant de se moucher en prenant des mines de désespéré.

— Personnellement, fit Samantha très digne, je ne trouve pas la blague drôle. Généralement… je vais demander qui est le nouveau stockman.

Sous la véranda il régnait, malgré l'ombre, une chaleur étouffante.

— Et bien, minaudait Rachel en feignant de chercher désespérément son éventail, tes pauvres cow-boys me donnent chaud rien qu'à les voir !… *'ta*, Dave.

David Grew venait de lui trouver son éventail et s'était empressé de le lui donner en renversant deux tasses, quatre cuillers et le pot de sucre.

— Ils vont bientôt s'arrêter, déclara Heartley d'un ton apaisant, ils veulent absolument terminer sans *smoke-oh.*

Samantha escalada la balustrade et se laissa glisser sous la véranda. Au passage, elle pinça affectueusement la joue de son père et lui conseilla à l'oreille de se jeter à l'eau vis-à-vis de Rachel. Puis elle se pencha vers le rancher et lui demanda, utilisant la formule spécifique à “la Tribu” :

— *Oncle* Heartley, vous avez un nouveau stockman ?

Le regard de Bill chercha aussitôt celui de son meilleur ami.

— C’est *lui*, n’est-ce pas ?

Le Patron hocha tranquillement la tête et adressa un sourire mystérieux à Samantha.

— En effet. Il est arrivé lundi.

— Dis-moi une chose, Matt, demanda Ulrich. C’est normal que les gens, en particulier nos gamins, t’appellent par ton nom de famille ?

— Non, je suppose qu’ils ont fini par penser que j’étais une sorte d’ours démodé à marque déposée. En fait, je n’en ai aucune idée.

Peggie se hissa sur la balustrade à son tour.

— Il se débrouille quand même pas mal, pour quelqu’un qui n’est là que depuis cinq jours, hein, oncle Heartley ? dit-elle, admirative.

Le vieil homme se rengorgea. Bill se mit à rire, mais tous les adultes fixaient à présent la jument noire et son cavalier inconnu.

Le nouveau stockman zigzaguait avec dextérité entre les moutons. Il portait un chapeau dont les larges bords dissimulaient en partie son visage et un foulard bleu était noué autour de son cou. Tenant les rênes d’une main, il se penchait parfois dangereusement pour séparer certaines brebis du troupeau. Gipsy, produit croisé d’un colley et d’un berger allemand, bondissait, rampait et galopait autour du cavalier.

Ulrich se cala dans son fauteuil et cessa de tourner entre ses doigts la cravache qu’il gardait toujours avec lui.

— Ce type monte Jet Star – c’est bien elle, n’est-ce pas ? – d’une façon excellente, jugea-t-il en connaisseur.

Heartley sourit encore plus largement, comme s’il avait été l’intéressé lui-même.

— Si je me rappelle bien, marmonna Bill, cette jument avait une peur panique des moutons...

— Non, corrigea le Patron, elle n'avait pas peur d'eux, mais d'entrer dans les enclos.

— Et comment avez-vous fait pour l'y habituer ? demanda Wilfried qui s'était approché à son tour.

— On a mis les moutons dans sa stalle, un par un. Petit à petit, elle s'est calmée et a accepté de partager cet espace réduit avec eux. Et maintenant... tu vois le résultat.

Ils se turent quelques instants. Puis David Grew demanda, tout en se servant une nouvelle tasse de café :

— Et qui a eu cette idée géniale ?

— Le nouveau cow-boy, pardi ! lança Cynthia.

Sa mère lui fit les gros yeux, puis s'absorba à nouveau dans la contemplation de l'ancien docteur. À voix basse, Lilith interrogeait son mari sur le lien "Gipsy et l'affaire Sultan/Crita".

Les hommes d'Heartley avaient terminé leur travail à présent. Ils passèrent un par un devant la véranda, soulevant leurs chapeaux au passage pour saluer les dames. "La Tribu" acclama joyeusement Noah, qu'elle connaissait bien et aimait beaucoup, puis tous les regards revinrent au stockman inconnu, resté près des enclos. Il venait de ramasser Gipsy qui sautait contre Jet Star, et installait le chien ravi sur ses genoux.

La jument tourna la tête et hennit en direction des écuries. Gipsy aboya et le mystérieux jeune homme donna un coup de talons dans les flancs de Jet Star. Il passa au trot devant la véranda, tenant fermement son chien, sans oublier de saluer les invités.

Samantha vit danser des boucles blondes et briller deux étincelles d'or.

— Qu'est-ce qu'il est jeune ! se récria Yaël d'un air stupéfait.

Heartley sourit en essayant de dissimuler sa fierté.

— Où est Piebald Sugar ? demanda John.

— Il sera dans la course, expliqua le patron, donc j'évite de le faire travailler au milieu des mérinos.

— Matt, tu vas vraiment faire ça ? s'exclama Bill en fronçant les sourcils.

— Oui ! Et il est d'accord, triompha Heartley.

— Mais... qui et quoi donc ? demandèrent en chœur Yaël, les Calm, David et Rachel, tandis que la Tribu se perchait sur la balustrade de la véranda, de plus en plus curieuse.

— Et bien...

Le vieil homme regarda avec satisfaction le groupe attentif rassemblé autour de lui :

— Tout a commencé lorsque j'ai reçu la lettre du notaire français m'annonçant la mort de Natalye et Thomas. On me confiait leur fils, Mathieu.

— Pauvre gosse, soupira Yaël. Se retrouver comme ça, seul... et partir vivre avec un oncle grognon comme toi !

Bill s'étrangla avec le biscuit qu'il trempait dans son thé.

— Un oncle qui avait bien peur de ne pas savoir comment s'y prendre, gloussa-t-il.

Heartley fit mine de n'avoir rien entendu. Il raconta comment il avait découvert un garçon tout différent de ce qu'il imaginait. Il venait à peine de terminer le récit des cinq jours précédents lorsque le "stockman inconnu" apparut au coin de la maison, faisant la course avec Gipsy. Le chien avait l'air fou de joie. Il bondit sur son jeune maître et le renversa. Ils roulèrent dans la poussière, formant une joyeuse et bruyante mêlée.

"La Tribu" ouvrit des yeux intéressés. Les manières simples du nouveau venu lui plaisaient. Mathieu finit par s'asseoir et flatta Gipsy. Il le gratta derrière les oreilles, lui donna une petite tape amicale, se releva en brossant son jean et se dirigea vers la véranda.

Heartley se leva et prit son neveu par les épaules.

— Voici Mathieu. Mon garçon, voici la fameuse "Tribu" dont je t'ai parlé.

Les gars sourirent, les filles pouffèrent d'un air un peu embarrassé. Ulrich retint un sourire amusé.

— Fi des présentations ! lança-t-il. Je vous rappelle que nous sommes ici pour nous entraîner, la jeunesse ! Allez, hop ! Tous en selle !

Les jockeys en herbe se dispersèrent en direction des Jeeps et du fourgon. Un quart d'heure plus tard, tout était prêt comme pour le jour de la confrontation tant attendue.

Près du van Grew, Samantha enfilait son deuxième gant de cuir lorsqu'elle entendit un bruit de sabots venant des écuries. Elle leva la tête. Mathieu, en casaque mauve barrée d'argent, les couleurs du ranch, amenait Piebald Sugar.

La jeune fille prit la bride de sa jument, Sweet Lolly, que son père lui tendait. Elle se hissa vivement sur sa monture et rattrapa le garçon. Arrivée à son niveau, elle considéra, admirative, la façon dont il conduisait son cheval. Mathieu se rendit compte qu'il était observé et leva les yeux.

Son regard d'or bruni traversa les prunelles de lin de Samantha.

Une demi-seconde à peine s'écoula.

Noah, qui était chargé de donner le départ, sourit et appela les deux retardataires.

— Sur la ligne, les concurrents !

Un câble avait été tiré entre les poteaux qui délimitaient les bords de la "piste", au départ du parcours. Sweet Lolly piaffa nerveusement.

Large Cask, que montait Oliver Fizz, fit un écart et se retrouva contre King Solomon, le cheval de Wilfried Calm. Piebald Sugar tendit le cou vers Queen of Sheba, la jument de Peggie Evens, et tenta de la mordre. Noah attendit patiemment que tous les chevaux soient en place, puis descendit prestement le câble qu'il tenait prêt depuis un bon moment déjà.

La course d'entraînement commençait.

Au début, Queen of Sheba et Large Cask menèrent le train. Piebald Sugar était à quelques foulées derrière eux, flanc contre flanc avec Sweet Lolly. King Solomon terminait le peloton.

En amorçant le virage au bord des enclos, Large Cask céda sa place à Sweet Lolly. King Solomon remonta le groupe, arrivant au niveau de Piebald Sugar. Qui le quitta d'ailleurs très vite, dépassant Queen of Sheba.

Large Cask retrouva Piebald Sugar, alors que le peloton contournait l'énorme rocher posé au milieu de la prairie aride, et qui servait de repère. Sweet Lolly se fraya à son tour un passage jusqu'à Queen of Sheba.

Puis, elle se détacha du groupe et galopa en tête. Piebald Sugar s'élança derrière elle comme une flèche. Menant à quelques longueurs devant les autres, ils amorcèrent la dernière ligne droite jusqu'au ranch.

Sweet Lolly avait à présent pris sa plus grande vitesse, déployant derrière elle sa crinière crème et le panache de sa queue immense. Elle passa devant les arbres.

Ce fut à ce moment-là qu'un grand nuage de poussière se souleva sur la piste.

La jument hennit de terreur et se cabra brutalement. Samantha perdit le contrôle de sa monture et lâcha prise. Elle fut projetée en arrière au moment où Piebald Sugar arrivait et Mathieu comprit en un éclair qu'il allait tomber, lui aussi...

CHAPITRE 5

Vous le comprendrez dans la suite des temps

Mathieu flottait dans un brouillard d'un noir d'encre où pétillaient de minuscules étoiles blanches. C'était assez étrange. Son esprit encore embrumé par les vapeurs de l'évanouissement tâtonna pour rassembler ses idées éparses. Il se rappela par bribes la course d'entraînement, Sweet Lolly qui filait sur la piste, le nuage dans lequel il lui avait semblé apercevoir, l'espace d'un instant, un tourbillon de sable qui avait la forme d'un cheval immense... Et puis la chute, le choc violent sur le sol, le manque d'air soudain, et un gouffre noir sans fond qui s'ouvrait brusquement, dans lequel il avait sombré.

Il battit des paupières et essaya d'y voir clair. Il aperçut une armoire aux contours flous, qui dansait curieusement sur la tapisserie bleue à motifs blancs. Un gémissement lui échappa quand il bougea, lui rappelant qu'il avait roulé brutalement sur un sol inégal.

— Tu es réveillé ? demanda une voix douce, nuancée par une pointe de soulagement.

Mathieu réussit à comprendre qu'il était dans sa chambre et se redressa. Un instant, des vertiges le reprirent, puis les meubles autour de lui se stabilisèrent. Il tourna la tête et vit Samantha assise sur le clic-clac. Elle n'avait certainement pas l'air aussi ahuri que lui, pensa-t-il. Il s'aperçut que sa montre s'était brisée dans sa chute. Quelle heure pouvait-il bien être ?

Le soleil un peu orange entrait à flots par la fenêtre, colorant les meubles peints en blanc de longues traînées roses.

Samantha noua ses bras autour de ses genoux relevés et se retint de pouffer de rire.

— Tu ne te rappelles pas ? La course d'entraînement, et tout ?

— Si... si...

Mathieu secoua la tête pour se débarrasser des dernières brumes.

— Quelle heure est-il ?

— Aucune idée, répondit la jeune fille avec entrain. Ils ont dit que je devais continuer à me reposer et à te surveiller. Et ils sont partis faire je n'sais quoi.

— Qui ça, *ils* ?

— Oncle Heartley, papa, Yaël... les autres... ça ne va pas ?

— Mais si...

Mathieu s'appuya contre le mur et se cala sur son oreiller pour mieux réfléchir.

— Tu es bien Samantha ?

— Oui. Pourquoi ?

— Je voulais être sûr de ne pas me tromper. C'est ta jument qui s'est cabrée... et ce n'est certainement pas à cause d'un simple nuage de poussière !

— Moi, je n'ai pratiquement rien eu le temps de voir... sauf... réfléchit à haute voix la jeune fille.

— Un cheval immense, n'est-ce pas ? termina une voix sourde depuis la porte. Heartley fit quelques pas dans la pièce et se passa une main sur le front.

— C'était Setting Sun Thief, hein ? devina Mathieu en se redressant vivement.

— Ç'aurait dû l'être.

— Que voulez-vous dire ? dit Samantha, effrayée.

Heartley s'assit sur le bord du lit de son neveu et fit signe à la jeune fille de s'approcher. Baissant la voix malgré lui, il expliqua :

— Setting Sun Thief est bai avec les canons et les crins noirs. Or, ce cheval, c'était son portrait tout craché, à l'exception d'une balzane blanche et d'une étoile au frontal. De plus, il m'a semblé encore plus grand.

— Qu'est-ce qu'il a fait ? questionna Samantha, qui se doutait du fait que l'étalon n'avait certainement pas simplement traversé la piste. Heartley la fixa :

— Il a enlevé Sweet Lolly...

— Oh non, ma jument ! se lamenta Samy.

Le vieil homme eut une grimace navrée :

— Et Piebald Sugar s'est enfui.

— Pas ça, oh non !

— Matt, tu crois vraiment que c'est le moment de leur tourner la tête avec ça ? gronda Yaël en entrant. "Ça va mieux, les enfants ? Il est temps de descendre, on va souper", ajouta-t-elle.

— Quoi ? On est resté là tout ce temps ?

— On dit *comment*, ma chérie, corrigea Yaël. Oui, vous êtes là depuis deux heures. Tu viens, Samy ? Ne cherche pas tes bottes, elles sont en bas.

Elles sortirent. Heartley posa une main sur l'épaule de son neveu et mâchonna la pipe vide qu'il gardait toujours à la bouche. Puis il la retira et dit :

— Tu verras, on va organiser une expédition et on retrouvera Piebald Sugar. Ce n'est pas le peu qu'on a fait tout à l'heure qui pouvait permettre de le dénicher. Mais pour Sweet Lolly...

Il haussa les épaules d'un air résigné et quitta la pièce. Mathieu noua rapidement ses lacets et descendit à son tour.

Ulrich Calm, tortillant toujours sa cravache, l'accueillit d'un tonitruant “magnifique course, jeune homme !” qui fit rire tout le monde à l'exception de Samantha. Elle courut vers Mathieu et lui chuchota de ne pas se vexer.

David Grew feignit d'être scandalisé et furieux.

— Dis, tu n'as pas honte ? Faire des messes basses avec un garçon que tu connais à peine !

Mathieu rougit, mais Samantha ne se laissa pas démonter.

— Et toi, alors ? Tu n'as pas honte de faire la cour à une dame que tu connais depuis des années ? rétorqua-t-elle, taquine.

Ce furent cette fois-ci les oreilles de l'ancien docteur qui devinrent écarlates, tandis que Rachel éclatait d'un rire nerveux en cachant son visage pourpre dans un mouchoir. Heartley retrouva un semblant de sourire. Zoé apparut sur le seuil de la baie vitrée, rouge, essoufflée, encore enfarinée et poudrée de sucre, sentant délicieusement bon d'avoir cuisiné toute l'après-midi. Les invités et leurs hôtes quittèrent la véranda encore brûlante pour la salle à manger toute fraîche.

Heartley fourra rageusement sa pipe dans sa poche et se mit à marcher à grands pas autour de la pièce.

— N'importe quoi ! répéta-t-il pour la énième fois en serrant les poings. “N'importe quoi ! Jet Star t'attirera directement dans un piège !”

reprit-il avec un grondement de tigre. Il s'arrêta, ressortit sa pipe et la regarda hargneusement.

— Je ne te laisserai pas faire ça, tu entends ? Jamais de la vie !

La pipe prit un air lamentablement piteux.

— Et ne me regarde pas comme ça. C'est dangereux ! Et, après tout, qu'est-ce que tu as à voir avec tout ça ?

Mathieu répondit tranquillement.

— C'est moi qui montais Piebald Sugar, avant-hier. J'aurais dû retenir Sweet Lolly, ou ne pas tomber.

— Je… ça n'a rien à…

— Voir ! Je sais, interrompit le garçon. “Mais il n'empêche que maintenant tu as fait de moi un stockman, un vrai.

Il s'arrêta, se mordit la lèvre.

— Désolé. J'ai pas fait exprès. Je voulais pas vous tutoyer.

Heartley cessa un instant de froncer les sourcils. Il eut un bref sourire, ébouriffa les cheveux de Mathieu.

— Continue.

— Eh ben… C'est-à-dire… euh… il me semble qu'il n'y a pas de raison pour que je n'aille pas à la recherche de ce Setting Sun Thief ! Il ne s'agirait pas de retrouver Piebald Sugar mort, un de ces jours, tu vois ?

Heartley et sa pipe accusèrent le coup. Puis l'homme fourra son éternelle compagne entre ses dents et posa une main sur l'épaule de son neveu.

— Écoute, Mathieu. Si je ne veux pas que tu partes seul, c'est parce que j'ai peur pour toi. Setting Sun Thief est vraiment une sale bête. Et si tu emportes Jet Star, il voudra en plus te la voler… Que feras-tu, alors ?

— Pourquoi m'as-tu donné un fusil, oncle Matthew ? Je ne l'utiliserai que si j'y suis obligé, mais...

La pipe émit un grognement d'ours pensif.

— Je ne peux pas te laisser n'en faire qu'à ta tête, Mathieu. De toute manière, je n'en ai pas le droit.

— Si je pars en cachette, ça t'avancera à quoi ?

— À rien, reconnut Heartley, beau joueur.

— Écoute, laisse-moi faire l'essai pendant deux jours et ensuite je reviendrai. Tant que tu y es, tu n'as qu'à organiser une autre expédition en même temps. Et puis je ne suis pas si seul, *quelqu'un* que tu connais aussi bien que moi, me protégera... plaida Mathieu.

Heartley se racla la gorge et mordilla le tuyau de sa pipe d'un air indécis.

— Bon. Il est vrai que le Seigneur veillera sur toi. Je... et puis non, ça ne va pas, ce n'est pas à toi de récupérer les bêtes égarées – et tu es vraiment trop jeune pour qu'on te laisse aller visiter seul *Great Victoria Desert.*

— Oncle Matthew !

— Tu n'as que quinze ans, tu ne le nies quand même pas ? D'accord, tu as du cran et du courage, mais ce n'est pas une raison pour te laisser partir seul dans les Monts Musgrave avec cet animal qui rôde !

— Mais...

— Écoute, fils, le matin où j'ai reçu la lettre du notaire m'annonçant ton arrivée, ce fichu étalon m'a encore volé deux juments.

— Tu as peur pour Jet Star, c'est ça ?

— Et bien, je...

Un hennissement désespéré lui coupa la parole. Ils coururent à la fenêtre et poussèrent tous deux un cri de stupéfaction. Piebald Sugar était devant la véranda, couvert de poussière, encore à demi harnaché, les crins emmêlés, dans un piteux état.

Mathieu et Heartley s'élancèrent dans les escaliers et parvinrent au niveau du cheval en même temps que Noah et Zoé.

— D'où sort-il ? s'écria Heartley, fou de joie, en prenant la tête de Piebald Sugar entre ses larges mains.

— Tout droit des Monts Musgrave, j'en ai l'impression, déclara Mathieu d'une voix sombre, en montrant la croupe et le poitrail du cheval.

— Qu'est-ce que tu veux dire ? demanda Zoé, suffoquée par une telle affirmation.

— Ce n'est pas un dingo qui a fait ça.

Mathieu désignait les profondes déchirures souillées par la poussière que portait Piebald Sugar.

— Et *plusieurs* dingos ? proposa Noah.

— Non. Il s'est battu avec un autre cheval.

— N'importe quoi ! s'écria Heartley avec irritation, car il voyait très bien où le garçon voulait en venir. S'il s'était battu avec Setting Sun Thief, il ne serait pas là à l'heure qu'il est ! Tu te fiches de qui, là ?

Mathieu ne répondit pas. Non seulement cela n'aurait servi à rien, de plus, son oncle n'avait-il pas raison ?

Le jeune homme alla s'accouder à la balustrade de la véranda, laissant les autres accompagner Piebald Sugar à l'écurie. Il leva la tête et regarda les Monts Musgrave que le soleil mourant enflammait de ses derniers rayons.

Seigneur, soupira-t-il, *pourquoi est-ce que je n'arrive pas à penser comme eux ? Qui est vraiment Setting Sun Thief ?*

Les roches rouges avaient l'air si menaçantes… et pourtant si proches de lui.

CHAPITRE 6

Les projets s'affermissent par le conseil

Samantha enveloppa les sandwiches de papier kraft et les fourra dans un sac en plastique.

— Tu es sûr que tu en auras assez, comme ça ? chuchota-t-elle.

— Pas de problème, il y en a au moins vingt ! répondit Mathieu sur le même ton.

— J'ai peur qu'ils s'abîment… il fait si chaud, la journée, soupira-t-elle.

— Je les mettrai au frais, promit l'adolescent en riant. Il se glissa dehors. Samantha enfila les sandales qu'elle n'avait pas osé mettre dans l'escalier de peur de réveiller son père et ramassa le sac sur la table.

— Tu oublies tes sandwiches, tête en l'air ! lança-t-elle, moqueuse, en passant à son tour par la baie vitrée. Mathieu se retourna, lui prit le sac et le mit dans une des sacoches que portait Jet Star. Gipsy termina la gamelle du chat puis fixa sur son maître des yeux intelligents, attentifs au prochain ordre.

Le garçon se hissa sur son cheval. Il était venu tôt ce matin frapper chez les Grew. Ketzia, la femme de charge du ranch, était subrepticement allée chercher la fille de David. Elles n'étaient donc que deux à savoir qu'il partait à la recherche de Sweet Lolly... et donc aussi de Setting Sun Thief. Ketzia riait de toutes ses dents. C'était la sœur de Noah et elle aimait beaucoup taquiner Heartley. L'idée de lui apprendre l'escapade de son neveu la mettait en joie.

Samantha frissonna malgré elle et resserra son peignoir autour de ses minces épaules. Ses longues boucles cuivrées descendaient en cascade dans son dos. Elle regarda, inquiète, le cavalier qui examinait le ciel encore blanchâtre du petit matin. Ketzia recula discrètement jusqu'à la baie vitrée.

— Tu es certain de ne pas faire une bêtise ? demanda encore une fois l'adolescente, avec un trémolo un peu inquiet.

— T'en fais pas. Tu verras, je la retrouverai, ta jument. En tout cas, retiens bien la tête de mon oncle, pour pouvoir me la décrire !

— T'es le garçon le plus timbré que je connaisse ! chuchota Samantha en étouffant un rire étranglé.

— Hum... ça se pourrait bien, reprit-il avec un sérieux feint. Puis il sourit, encourageant.

— Ne t'inquiète pas pour moi, Samy. Travaille bien ta chorégraphie, hein ? Et... tu f'rais mieux de penser à la façon dont va te recevoir oncle Heartley quand tu te pointeras pour dire que je suis parti !

— C'est encore plus affreux à imaginer... gémit comiquement Samantha.

Mathieu sourit en voyant qu'elle se détendait. Il fit faire un quart de tour à Jet Star et intima de nouveau à Gipsy l'ordre de se taire. La jeune fille posa sa main sur l'encolure de la jument, comme si elle voulait encore la retenir. Ses cheveux lui fouettaient le visage.

Mathieu ne sut jamais ce qui lui passa par la tête à cet instant. Il se pencha brusquement et déposa un baiser léger comme le frôlement d'une aile sur sa joue.

Puis il éperonna Jet Star et s'éloigna au petit galop, adressant un dernier signe de la main à Samantha, restée pétrifiée devant la véranda.

L'air tremblait au-dessus de *Great Victoria Desert,* dans un silence étrange et pesant.

La langue de Gipsy devait au moins pendre jusqu'à terre, se dit Mathieu en ralentissant la jument pour attendre son chien. Le vent brûlant souleva un nouveau tourbillon de poussière qui enveloppa le cheval arrêté. Mathieu releva son foulard et abaissa les bords de son large chapeau. Gipsy haletait. Jet Star secoua la tête. Mathieu se retourna et vérifia que les sacoches tenaient bien. Puis il donna un léger coup de talon dans les flancs de sa monture et ils avancèrent, examinant la montagne d'un brun rougeâtre qui se dressait devant eux.

En partant ce matin-là, en emmenant Jet Star et Gipsy pour l'aider à chercher, Mathieu savait qu'il n'enlevait rien au ranch. Jusqu'à son arrivée, il n'y avait pas de huitième stockman, la jument refusait d'entrer dans l'enclos et Gipsy ne se laissait approcher par personne.

Ce chien était le fils de Sultan, l'un des bergers d'Heartley. Sultan avait une dignité majestueuse qui faisait que les gens n'osaient pas le toucher. D'ailleurs il ne l'acceptait qu'avec peine de la part de son maître attitré. C'était un grand berger allemand, dont l'unique fonction était de garder la maison et le corral. Cependant, il faisait la cour à Crita, le colley de Noah, le jour où Stainless Idyll avait été volée.

Les chiots nés de cette union désastreuse pour le ranch, furent distribués aux "voisins". Seul Gipsy et une de ses sœurs restèrent. Mais Gipsy s'avéra d'un comportement des plus inhabituels. Finalement, à force de le voir terré sous la véranda, on estima qu'il ne serait jamais fait pour garder les moutons et qu'il valait mieux le laisser chasser les rats et les lapins qui infestaient les écuries et la grange, ou les kangourous et les chameaux qui détruisaient les barrières.

Mais Mathieu avait séduit le chien solitaire. Gipsy semblait avoir appris le métier de gardien de troupeau en regardant faire les autres et, de plus, il était plein de bonne volonté. Noah déclara que c'était un miracle et Heartley n'en apprécia que davantage son neveu. Ainsi donc, Mathieu savait que son oncle ne trouverait rien à dire sur son expédition... rien à dire qu'il n'ait déjà invoqué comme prétexte !

Jet Star s'engagea sur le sentier qui montait au plateau depuis lequel Heartley criait son exaspération, la veille de l'arrivée de Mathieu. Gipsy, à nouveau plein d'entrain, allait et venait autour de la jument, bondissant sur les rochers rougeâtres, aboyant pour appeler son maître, galopant sur le sentier avec sa joie coutumière depuis qu'il était le chien de l'adolescent.

Ce dernier parvint enfin au plateau et rabaissa son foulard pour souffler un peu. La chaleur et la poussière écrasaient le désert australien bien qu'il ne fut que dix heures, comme Mathieu venait de le constater.

Le garçon sortit ses jumelles d'une des sacoches et les ajusta. À présent il distinguait la maison au milieu des enclos, le corral... un paysage plat, orangé, semé de traces brunâtres, barré de pâturages ; parfois troué de vallons, rafraîchi de points d'eau autour desquels se groupaient quelques arbres et des champs mauves sur lesquels ondulait le vent, au pied des massifs rouges.

Il rangea ses jumelles et considéra Gipsy qui s'était allongé dans l'ombre de la jument. Jet Star renifla bruyamment et gratta le sol du sabot. Mathieu lui fit tourner bride.

— Viens ma belle, on va explorer un peu ce labyrinthe.

Gipsy gronda avant d'entrer dans le haut couloir sombre qui s'ouvrait dans la montagne couleur de feu. Jet Star hésita. Agacé, le jeune garçon les rabroua :

— Soyez pas stupides, tous les deux ! On est obligé de passer par là pour monter !

Cependant, malgré l'assurance qu'il voulait montrer, Mathieu sentait quelque chose d'étrange flotter dans l'air silencieux et trouble.

Les murailles rouges s'élevaient très haut, laissant à peine assez de lumière pour y voir. Le ciel apparaissait entre deux bords déchiquetés, très loin au-dessus de la tête du cavalier. Gipsy n'aboyait plus. Il grondait parfois sourdement puis se taisait et haletait, ce qui faisait sursauter Mathieu tant ce bruit paraissait étrange dans le couloir sombre.

Arrivé à un endroit où ce dernier se divisait en deux passages également obscurs, le garçon s'arrêta. Après une courte réflexion, il décida de s'engager dans celui de droite.

Il sentait Jet Star réticente et Gipsy inquiet. Une indéfinissable impression de malaise lui tordait l'estomac. Un peu comme s'il avait oublié quelque chose sans pouvoir se souvenir quoi...

Seigneur, mais qu'est-ce que c'est ?

Il devait déjà avoir fait plus de deux kilomètres lorsqu'il se rappela enfin. "Le couloir de droite s'est effondré", avait dit Heartley le jour où il avait emmené son neveu explorer les Monts Musgrave. À cause de l'éboulement, depuis des années l'autre côté de la barrière rocheuse était revêtu du mystère de Setting Sun Thief. On estimait que ce devait être la cachette de l'étalon sauvage.

— Mais comment fait-il pour en sortir ? demanda Mathieu à ses deux compagnons. Et il continua dans le même couloir avec son obstination habituelle, bien décidé à se rendre compte par lui-même.

Soudain il arrêta sa monture, stupéfait. L'amoncellement, sans doute frappé par la foudre, s'était répandu sur le sol. À sa place serpentait la gorge, encombrée de graviers, de petits rochers et même d'arbustes. Le soleil l'éclairait de plus en plus alors qu'elle s'élevait, pressée entre les deux murailles. En étendant les bras, Mathieu pouvait toucher la roche froide qui s'effritait en sable roux.

Et, tout à coup, le chemin escarpé déboucha à l'air libre, sur une plate-forme qui surplombait une sorte de ravin.

Jet Star renâcla et piaffa nerveusement. Le vent apportait une odeur forte que le garçon crut reconnaître... Il s'avança près du bord et retint un cri de stupéfaction. À la façon d'un grand cirque, la montagne s'était creusée, formant un large pâturage bien à l'abri.

Et là, paisible, paissait un immense troupeau de chevaux.

Mathieu empoigna ses jumelles avec fébrilité et fouilla des yeux la prairie, à la recherche de Sweet Lolly. Heartley avait raison : presque toutes les juments étaient brunes ou grises. Retrouver Stainless Idyll – en admettant qu'elle fut encore en vie – aurait été difficile !

Le garçon repéra deux alezanes aux crins crème qui broutaient côte à côte. Il réglait les jumelles lorsque Gipsy se mit à gronder, puis à aboyer sans raison apparente. Jet Star aussi s'agita, piétina, piaffa même et finit par hennir sur le ton aigu d'un appel ou de la terreur. Mathieu chercha autour de lui ce qui pouvait faire peur aux deux bêtes.

Il ne vit rien.

Une ombre s'était étendue sur la plate-forme. Gipsy se mit à aboyer férocement vers quelque chose – ou quelqu'un ? – qui se trouvait au-dessus et derrière Mathieu.

Le garçon se retourna et regarda dans la même direction que son chien. Il étouffa un cri. Le dominant entièrement, puissant, menaçant, ses yeux et ses naseaux dilatés, avec au fond du regard une lueur rougeâtre dansante, auréolé par le contre-jour, se détachant parfaitement devant le soleil, se tenait Setting Sun Thief. Il était tel qu'on l'avait tant de fois décrit, avec ses quatre guêtres et ses crins noirs, sa longue crinière à peine agitée par le vent.

Il était si près que Mathieu aurait pu toucher ses naseaux. Mais il ne s'y risqua pas.

Il n'en eut d'ailleurs pas le temps. Jet Star, à la fois terrifiée et excitée par la présence de l'étalon, se cabra et glissa sur le pierrier. Elle perdit l'équilibre et s'abattit, entraînant son cavalier dans sa chute.

Elle ne s'arrêta qu'au pied du promontoire à demi effondré et se remit debout d'un coup de reins, tremblante et souillée de graviers, de poussière, le flanc profondément entaillé en plusieurs endroits. Elle s'ébroua et la selle glissa à terre, la sangle ayant cédé dans la chute. Les sacoches gisaient à mi-chemin dans le pierrier, près du garçon inerte.

L'étalon considéra son œuvre, fixa la jument désormais libre et poussa un claironnant hennissement de triomphe qui se répercuta, perçant et affreux, dans la montagne. Puis il fit demi-tour en relevant noblement la tête et descendit de son perchoir avec majesté, son épaisse crinière et sa longue queue flottant dans la brise.

Jet Star, cherchant un coin d'ombre, sortit du défilé en reniflant nonchalamment les arbustes.

Gipsy était étendu contre la roche rouge d'une des parois et ne bougeait pas, les yeux clos et la truffe blanche de poussière.

CHAPITRE 7

Votre père sait de quoi vous avez besoin, avant que vous le lui demandiez

Ann Teach était une grande femme sèche et énergique. Elle ne souriait pratiquement jamais, ne dispensant que de temps en temps quelque rare compliment. Sous son égide, les jeunes danseuses apprenaient à faire leurs exercices impeccablement et à aller au-delà d'elles-mêmes. Certaines élèves venaient des ranchs de *Great Victoria Desert,* mais la plupart habitaient en ville. Les adolescentes dont les parents travaillaient à Oodnadatta avaient la détestable particularité d'être poseuses et de mépriser l'éducation des autres. À leur grand dépit, Ann Teach ne faisait pas de favoritisme et comme il se trouvait que les "campagnardes" étaient souvent plus souples et plus gracieuses que les "citadines", les premières recevaient une majorité d'encouragements de la part du professeur.

Ce qui faisait, bien entendu, enrager les plus à la mode, réunies autour de Eileen Mayor, la fille du maire. Cette jeune prétentieuse ne tolérait dans son cercle que Cynthia dont les manières étaient passablement hautaines. Les deux "clans" s'affrontaient donc dès qu'ils étaient en présence, c'est-à-dire à chaque cours de danse néo-classique, quatre fois par semaine. Ce fut précisément ce qui arriva, le mardi où Mathieu partit à la recherche de Sweet Lolly et de Setting Sun Thief. Toute la dispute commença dans le vestiaire, à propos du collant noir que Vicky enfilait sur le rose habituel.

Fiona, qui nouait ses chaussons, était de très mauvaise humeur. Son frère avait emporté le CD sur lequel se trouvait la musique de sa chorégraphie et Ann Teach ne tolérait aucune excuse quant à ce genre d'oubli. Injustement, Fiona attaqua Vicky qui n'était nullement responsable de l'affaire... à ceci près que la jeune fille collait beaucoup le frère en question. Ce qui, évidemment, n'avait rien à voir avec le collant noir. Mais tout commença cependant avec lui. Eileen avait terminé de se coiffer et venait de céder la place devant le miroir à Peggie, lorsque Iris s'étonna :

— Où as-tu trouvé ce collant, Vicky ? demanda-t-elle avec une pointe d'envie.

— Dans le catalogue, répondit son amie en enfilant son cache-cœur. “Maman a craqué pour les guêtres qui se trouvaient à côté. Il est beau, hein ?”

Vicky était la fille de leur professeur, ce qui ne l'avait jamais avantagée par rapport aux autres. Fiona sauta sur l'occasion.

— Comme mon frère, n'est-ce pas ? Y t'aurait pas filé mon CD, par hasard, Miss-j'embarque-tout ?

— Pas du tout, qu'est-ce que tu racontes ? se défendit Vicky, sans se troubler.

Iris revint à la charge.

— Combien il t'a coûté ? Il est génial ! T'es sûre qu'il n'y avait pas gris ?

— Si. Bleu, aussi.

— Oh, ça c'est la couleur préférée de Samantha, hein ? La couleur romantique du ciel et des nuages... ironisa Eileen.

Prisca bondit aussitôt, un chausson à la main, sa natte ébouriffée dansant dans son dos.

— Qu'est-ce que tu cherches ? La bagarre ? s'écria-t-elle. Peggie attacha son chignon avec une barrette et lança sans se retourner :

— Madame est jalouse de l'inattention de sa victime habituelle.

Fiona se mêla à nouveau à la conversation.

— Qui a l'intention de présenter sa chorégraphie, ce soir ? Toi, Vicky, sans doute, pour exhiber ton super achat ?

— Mais qu'est-ce que t'as, Fiona ?

Eileen lissa ses courts cheveux blonds.

— Elle s'exaspère, soupira-t-elle. Samy, ma chérie, tu rêves ?

— Peut-être, et c'est son droit ! reprit Prisca. Elle attacha son deuxième chausson puis se mit en devoir de discipliner ses cheveux rebelles.

— Et peut-on savoir pourquoi ? demanda Iris. C'est à cause du bleu ou parce que tu t'es enfin trouvé un chéri ?

À ces mots, Peggie s'étouffa d'un brusque rire. Prisca lui fit les gros yeux. Mais Cynthia, qui prenait son CD et une petite bouteille d'eau pour le cours dans son sac, se redressa et prononça tranquillement :

— Exactement. Il est grand, blond, il a les yeux marron et il est timbré de cheval, pas de Samy !

Muettes devant cette "trahison", Peggie et Prisca restèrent figées. Mais l'intéressée bondit sur ses pieds.

— N'importe quoi ! Il...

— C'est ce qu'on dit toujours, insinua Eileen, moqueuse.

— Tu f'rais mieux de m'écouter, reprit Samantha glaciale. Il n'est pas du tout timbré et s'il ne faisait pas attention à moi, il ne serait certainement pas venu *me* prévenir de ce qu'il allait faire, ce matin !

— Quoi ? crièrent les jumelles en sursautant.

Cynthia blêmit. Iris laissa tomber sa barrette sur le sol et Fiona laça son chausson de travers. Eileen s'était figée, blanche de rage. Seule Vicky resta calme.

— Et pourquoi est-il venu *te* voir ? Qu'allait-il faire ? Te ramasser des fleurs sur les rives de l'*Alberga* ?

— N'importe quoi ! répéta Samantha, toujours aussi froidement. “Il partait à la recherche de Setting Sun Thief !”

— Noon ? dit Prisca, suffoquée par cette audace.

— Il voulait retrouver Sweet Lolly, hein ? devina Peggie en souriant.

— Toujours des chevaux, qu'est-ce que je disais ? fit remarquer Cynthia dont la voix se chargeait de jalousie.

— Il est maboul, Samy ! Tu lui as dit ce qu'il risquait en partant là-bas, j'imagine ? s'affola Prisca.

— Évidemment. Mais...

Elle avala sa salive et détourna les yeux. Ses doigts tortillaient la fermeture éclair de son sac.

— Elle risque de ne pas le revoir. Que c'est triste ! s'exclama Eileen.

— Il ne connaît pas l'Australie. Il pourrait se perdre, dit Peggie en redevenant sérieuse.

Iris poussa Fiona du coude.

— T'as vu la tête de Samantha ? Elle nous cache quelque chose.

Prisca mordilla le bout de son peigne.

— Tu lui as raconté comment Gerald Mayor s'est fait avoir ?

— Mon père n'a pas...

— Ton père a eu des problèmes avec Setting Sun Thief parce qu'on a *toujours* des problèmes avec un étalon sauvage !

— Je lui ai dit tout ce qui me passait par la tête, dit Samantha. Ses yeux reflétaient l'inquiétude qui l'étreignait depuis le matin. “Il ne voulait rien écouter ! Il était prêt, avec Jet Star et Gipsy. On a fait les sandwiches...”

— Déjà bien femme de charge ! Tu ne voulais pas aussi aller lui laver son linge ? lança Fiona.

— Oh, tais-toi.

La voix de la jeune fille dérapa dans les aigus. Peggie la regarda avec étonnement.

— Qu’est-ce qui t’arrive, Samy ?

— C’est... Oh, Peggie ! Ce matin... la chienne, tu sais, Scottee... Elle va toujours fureter du côté des Monts Musgrave...

— Oui, et ben ? s’écria Prisca, agacée par cette attente.

— Elle a... Elle a... ramené...

Samantha n’acheva pas. Elle sortit de son sac un chiffon bleu, poussiéreux et déchiré.

— Qu’est-ce que c’est ? fit Eileen ahurie, intéressée malgré elle.

Les jumelles n’osaient plus prononcer un mot. Cynthia prit le “chiffon” et murmura, horrifiée :

— Son foulard...

À ce moment-là, Ann Teach passa la tête par la porte du vestiaire et les appela plutôt sèchement.

Le cours précédent envahit les bancs.

Lorsqu’elles sortirent, ce soir-là, ce ne fut pas en se disputant, pour une fois. Non pas qu’Eileen eût signé l’amnistie, mais la tragédie qui planait sur les Monts Musgrave avait pour un temps apaisé les esprits.

Cynthia, pourtant, ne pardonnait pas à Samantha la préférence qu’avait eue Mathieu à son égard. Elle n’eut donc aucun scrupule à demander, d’un air apparemment innocent, devant le Docteur Grew :

— Tu crois vraiment que Mathieu a eu des problèmes dans les Monts Musgrave ? Setting Sun Thief est affreux, je sais.

Même Eileen regarda la jeune fille avec horreur. Le Docteur Grew se dressa de toute sa hauteur.

— Ainsi, tu étais au courant, Samantha Amy Grew ? fit-il sur un ton qui ne présageait rien de bon.

— Papa…

— Est-ce que tu imagines un peu par quoi est passé Mr. Heartley lorsqu'il s'est aperçu du départ de Mathieu ?

— Mais…

— Il n'y a pas de "mais" qui compte ! Samantha. Tu sais, et tu ne dis rien ?

— Je…

— Tu n'as rien à opposer, ma fille. Je suis déçu, Samantha – très déçu. Je n'aurais pas cru cela de toi… Rentrons.

Eileen fit signe à Iris, Vicky et Fiona de la suivre discrètement et elles s'éloignèrent. Bill, l'air las, attendait ses filles à côté de la jeep. Rachel regardait tour à tour les jeunes danseuses et David Grew.

Samantha monta silencieusement dans le fourgon.

Yaël apporta un énorme *Pavlova* sur la table. Mais il ne fut pas acclamé comme à l'ordinaire.

— Je ne sais pas s'il faut le manger ce soir ou s'il faut le garder pour le retour de Mathieu, se plaignit la jeune femme, mi-riant, mi-inquiète. "À votre avis ?"

— Quelle histoire, miséricorde, quelle histoire, soupira Bill.

— Je parlais de mon gâteau, protesta Yaël.

Peggie et Prisca chipotaient. De temps à autre, elles se jetaient un coup d'œil à la fois perplexe et incitateur. Finalement, Prisca se décida.

— P'pa, m'man... on a un truc à vous dire.

— Ah oui ? C'est bien ce que j'avais remarqué, fit leur mère en souriant.

— Qu'est-ce que c'est, les filles ? s'enquit Bill. C'est à propos de Mathieu ? J'aimerais tellement avoir des nouvelles pour ce pauvre Heartley !

— Et ben – c'est Samantha qui nous l'a appris. Il est parti pour les Monts Musgrave... commença Prisca.

— Cela, tout le monde l'avait compris, je crois, remarqua ironiquement Yaël.

— Chérie, s'il te plaît...

— Il l'a dit à Sam... continua Prisca.

— Ce matin, compléta Peggie, elle l'a aidé à préparer ses sandwiches.

— Je sens qu'elle doit être en train de subir un sermon de la part de son père...

— Un sermon mérité, Yaël ! Continuez, les jumelles.

— Et ce soir, en fait, expliqua Prisca, elle nous a montré son...

— Son... répéta Bill.

— Et bien ? réclama Yaël.

— Son foulard, maman. Il était plein de poussière et tout déchiré.

— Mon Dieu !

— C'est la chienne de Samy, Scottee, qui l'a ramené du *No man's land*, confirma Peggie. Tu ne crois pas que... Hein papa ? Il ne peut pas...

— Eh bien, ma fille, je... je ne sais pas quoi penser.

— Tu ne vas pas le dire à oncle Heartley, papa ? implora Prisca. Il ferait au moins une attaque, et nous... avec Samy...

— Prisca, soupira son père. Tu dois comprendre que je ne *peux* pas le lui cacher. C'est trop sérieux. Même si... je ne suis pas obligé de lui montrer le foulard...

Yaël avait pâli. Son visage se crispait.

— Vous imaginez... fit-elle dans un souffle, déjà orphelin... finir sous les sabots de cette bête affreuse... Quelle horreur ! Bill, reprit-elle, tu ne vas pas attendre demain pour aller prévenir Matt qu'il faut organiser une expédition ?

— Elle a déjà été préparée, dit Bill d'un ton las. "Nous avons fouillé tout le couloir gauche du sentier. Rien trouvé. Demain on essayera le couloir de droite. Mais il est peu probable qu'on l'y trouve."

— Bill, chuchota encore Yaël, et ses filles se penchèrent pour mieux écouter, "Bill... emportez Scottee avec vous."

Le silence s'établit autour de la table. Le gâteau était resté intact et personne n'avait envie d'y goûter.

Prisca fut la première à se reprendre.

— Papa, maman... Et si on priait ? Après tout, Dieu s'occupe aussi de Mathieu, n'importe où qu'il soit, non ?

— Elle a raison, hein ? renchérit Peggie.

— Heureusement, sourit Bill, heureusement qu'on y pensait, cet après-midi ! Heartley avait organisé un petit rassemblement avant le départ, devant la véranda. Il a prié pour Mathieu...

Et c'est ce qu'ils firent, eux aussi.

CHAPITRE 8

Il parut un cheval couleur de feu

Mathieu gémit doucement et porta la main à sa tête. Son corps tout entier lui faisait mal. Il ouvrit les yeux et s'aperçut qu'il était couvert de sable et de poussière.

— Ooh, ça commence bien, marmonna-t-il. Il vérifia qu'il n'avait rien de cassé et se redressa. Il se mit debout et attendit que son équilibre chaviré soit redevenu stable. Il repéra ses jumelles, les sacoches, la selle... Gipsy.

— Oh noon !

Il se précipita vers son chien et s'agenouilla, fébrile. Il releva doucement la tête de l'animal et tâta les membres inertes de Gipsy.

Oh non, Seigneur, non ! Pas mon chien ! S'il te plaît, réveille-le...

Il enleva son foulard et essuya délicatement le museau de l'animal.

— Allez Gipsy ! Un petit effort !

Le chien remua. Ses yeux dorés s'ouvrirent et regardèrent le garçon sans comprendre.

— C'est bien, continue !

La queue de Gipsy se mit à battre doucement. De soulagement,

Mathieu serra le chien contre lui.

Merci, merci !

À ce moment-là, un roulement de pierres se fit entendre. Mathieu leva la tête. Jet Star n'était plus là. Était-ce elle qui revenait ?

Gipsy se redressa péniblement et ses babines blanchies par la poussière laissèrent échapper un grondement sourd. Mathieu se pencha pour attraper son fusil tombé près des sacoches.

Il n'en eut pas le temps.

Jet Star se précipita dans le cul-de-sac avec les signes évidents d'une frayeur sans bornes et renversa le garçon. Mathieu se releva et empoigna son arme d'une main ferme. Il leva la tête et dans sa gorge s'étrangla un cri de terreur.

L'étalon se tenait à l'entrée du passage, interdisant toute sortie, et grattait le sol d'un sabot irrité. Ses yeux luisaient avec férocité et il semblait plus énorme encore qu'auparavant.

Gipsy gronda méchamment, décidé à défendre son maître. Mathieu chercha fébrilement la gâchette de son fusil sans quitter des yeux l'animal sauvage. Jet Star hennit plaintivement. Elle tremblait de tous ses membres et elle était couverte de sueur. Le chien se tassa contre Mathieu. Malgré son courage, il ne pouvait s'empêcher d'être effrayé par la lueur à la fois rusée et cruelle qui dansait au fond des yeux du cheval. Le garçon jeta un coup d'œil à Jet Star. L'étalon en avait-il après la jument, ou était-il véritablement décidé à attaquer le cavalier ?

Le bruit mat du fusil que Mathieu armait résonna dans la gorge.

L'étalon dressa les oreilles, attentif. Sa tête, petite et bien modelée sur sa puissante encolure, se tourna de droite et de gauche. Son épais toupet lui retomba sur les yeux. Il se secoua, agacé. Sa longue crinière s'agita, poussiéreuse et emmêlée. Il avait des membres solides, un corps puissant et des muscles résistants, mais souples. Cependant il n'aurait pas été bien taillé pour la course. Il semblait presque trop lourd. Du moins, ce fut ce que Mathieu estima, durant ces longues minutes angoissantes, étonné lui-même de penser à de telles choses et d'être aussi calme.

L'étalon leva la tête et regarda, hautain, ce petit homme ridicule qu'il tenait à sa merci.

Jet Star fit soudain rouler quelques pierres. Les yeux de Setting Sun Thief s'allumèrent à nouveau, il se cabra et hennit. Mathieu comprit qu'il allait se jeter sur lui et leva son arme, bien décidé à s'en servir pour effrayer l'animal. Jet Star s'affola et bondit en avant. Elle bouscula l'adolescent qui roula de côté, évitant un coup de sabot dangereux.

Mais dans sa chute, il lâcha de nouveau le fusil.

L'étalon asséna un coup de dents à la jument qui cria de douleur. Puis il la refoula contre les rochers et chercha Mathieu du regard. Ce faisant, il s'était légèrement décalé et le passage s'ouvrait enfin.

Jet Star, trop terrifiée encore pour oser bouger, n'en profita pas. Gipsy, qui avait maintenant retrouvé toutes ses forces, se planta devant son maître et, roulant des épaules, hérissé, les babines retroussées, fit face à l'étalon en grondant férocement.

Setting Sun Thief pencha la tête et considéra ce nouvel ennemi. Sans doute dut-il l'estimer nuisible, car il le chargea violemment. Gipsy sauta de côté et évita les sabots menaçants. Il sauta à la gorge de l'étalon, mais ne parvint à atteindre que le poitrail qu'il déchira de ses dents acérées.

Mathieu chercha du regard son fusil et l'aperçut de l'autre côté des combattants. Pour le prendre, il lui faudrait donc franchir les sabots qui s'agitaient et tournoyaient à une cadence infernale.

Il faut pourtant que j'y arrive, Seigneur, il le faut !

Le garçon comprit soudain que Gipsy était à bout en le voyant reculer. L'étalon se précipita sur le chien et se cabra, prêt à écraser le courageux animal. Mathieu poussa un cri d'horreur et se jeta vers le cheval sauvage. L'étalon darda un regard furieux sur le garçon et, laissant retomber ses antérieurs sur la roche effritée, s'avança en soufflant bruyamment vers Mathieu. Gipsy avait profité de l'instant d'inattention pour s'esquiver.

Le garçon recula pas à pas et se retrouva acculé à la muraille rouge. Il lança un regard désespéré autour de lui : il était bel et bien prisonnier. L'étalon le tenait vraiment à sa merci cette fois-ci, et il allait certainement en finir avec celui qui avait découvert la cachette.

Mathieu déglutit péniblement et chercha désespérément une solution. Il sentait la sueur ruisseler sur son visage couvert de poussière. Il se déplaça lentement le long de la paroi rocheuse qui laissait des traînées rouges sur sa chemise, espérant sortir du cul-de-sac avant que l'étalon ne le réduise à néant de ses énormes sabots. Mais Setting Sun Thief se décida soudain et se cabra avec un hennissement strident. Mathieu se recroquevilla pour recevoir la charge furieuse et ferma les yeux.

Seigneur, s'il te plaît... implora-t-il.

Et ce fut le silence.

Le garçon ouvrit les yeux et sursauta. Setting Sun Thief était toujours là, tout près de lui, mais à l'entrée de la gorge se tenait un autre cheval sauvage, encore plus grand que le premier et identique en tous points... à l'exception d'une balzane haut chaussée et d'une étoile en tête bordée, blanches toutes les deux.

L'étalon sauvage regarda le nouveau venu d'un air de défi et se jeta sur lui.

Mathieu en profita pour récupérer son fusil et empoigner Jet Star par la bride. Gipsy se fourra dans les jambes de son maître et manqua le faire trébucher. Le garçon ramassa vivement le sac des sandwiches qui avait roulé hors des sacoches et entraîna la jument vers la sortie. Il dut cependant rester contre la paroi pendant quelques minutes, qui lui parurent des siècles, car les deux étalons tournoyaient l'un autour de l'autre, le front bas et les yeux cruels, leurs longs crins fouettant l'air. Ils se cabrèrent l'un face à l'autre en poussant des hennissements stridents que se renvoyaient les échos de la montagne.

Jet Star tremblait de peur et n'osait plus avancer. Gipsy couchait les oreilles et s'aplatissait en gémissant sourdement.

Setting Sun Thief rua dans le poitrail de l'étalon inconnu qui, estomaqué par le coup, tomba sur un genou en haletant comme un soufflet de forge.

Mathieu saisit ce répit pour franchir la sortie et se précipiter dans le couloir. Poussant Jet Star contre un amas de rochers, il se hissa dessus. Il allait talonner la jument lorsqu'il réalisa qu'il était la cause, en quelque sorte, du tumulte qui agitait la gorge et que l'étalon tué dans le combat mourrait à cause de lui, si c'était l'inconnu...

Tu crois, Seigneur ?

Il jeta un coup d'œil dans le cul-de-sac : les deux chevaux se dressaient l'un en face de l'autre et agitaient leurs antérieurs avec violence, roulant des yeux blancs. Leurs robes trempées de sueur s'étoilaient de larges taches rouges.

L'encolure de Setting Sun Thief se tordit, telle un serpent, et frôla la jugulaire de l'inconnu qui se déroba au dernier instant et déchira l'épaule de son adversaire. Celui-ci s'écarta vivement et poussant un hennissement perçant, se cabra et asséna de violents coups sur la croupe de l'étalon mystérieux.

De longues traînées rouges ruisselaient contre les jambes de l'inconnu qui, semblant à peine les sentir, virevolta et se cabra à nouveau. Setting Sun Thief retomba sur ses antérieurs et tendit les dents pour mordre son adversaire. Ce fut ce moment-là que choisit l'étalon mystérieux pour lui abattre sur le crâne ses sabots menaçants.

Setting Sun Thief s'effondra sans un cri, dans une mare de sang.

Mathieu retint un hoquet de dégoût. L'étalon vainqueur pencha la tête et renifla le corps inerte du cheval sauvage. L'odeur âcre du sang se répandit dans l'air chaud. Le garçon attendit le cri affreux du triomphe. Mais l'étalon mystérieux se contenta de pousser du sabot son adversaire immobile puis releva la tête et dressa les oreilles.

Soudain il tressaillit et fixa Mathieu. Ce dernier soutint le regard et s'aperçut qu'il n'y avait ni haine, ni colère dans les prunelles de l'animal.

Comment se faisait-il qu'il soit si différent des autres chevaux ?

Mathieu s'aperçut soudain de l'étrangeté du regard sauvage. Les yeux étaient trop dilatés, trop blancs. Bien qu'il soit d'une beauté surprenante et d'une force peu comparable, il n'avait pas la tranquillité d'un cheval habituel, ni même la cruauté de Setting Sun Thief.

Sa longue queue traînait à terre, embroussaillée et ensanglantée. Sa crinière lui tombait dans les yeux en crins désordonnés et sales. Il était vraiment immense. Son encolure puissante, longue mais fine, portait haut une tête bien modelée, typée arabe. Quant à ses jambes, bien que robustes, on les devinait idéales pour la rapidité. Il semblait moins lourd que son adversaire mort, ce qui n'empêchait pas ses proportions gigantesques. Il se tenait si immobile qu'on aurait dit une statue de pierre. Mathieu se demanda un instant s'il n'avait pas confondu la robe bai clair avec la montagne. Mais la balzane blanche et les canons noirs de l'animal le rassurèrent.

Jet Star secoua la tête. Mathieu ramena les rênes à lui en jetant un coup d'œil à Gipsy. Le chien se leva et fit glisser quelques pierres qui roulèrent avec fracas.

L'étalon s'enfuit.

Mathieu hésita un instant, puis le suivit.

CHAPITRE 9

Tu seras béni à ton arrivée et à ton départ

Samantha plia le drap de travers en regardant par la fenêtre. Elle soupira d'inquiétude, fourra la pile de couvertures dans le placard et le ferma vaguement, sans s'apercevoir qu'elle venait de déséquilibrer toute l'étagère.

Seigneur, s'il te plaît, supplia-t-elle*, ramène-nous Mathieu, SAIN et SAUF...*

Dans le salon, Heartley était au téléphone, les sourcils froncés, les traits durs.

— Allô ? Non, passez-moi Gerald Mayor... voilà, c'est ça, *'ta...* Bonjour... pas vraiment. Tu sais qu'on ne l'a pas vu depuis quelque temps... c'est aussi ce que j'imaginais... Non, en fait... Pas du tout... Voilà, le truc c'est que... C'est mon neveu, il a disparu depuis trois jours.

Samantha leva les yeux vers le plafond et soupira à nouveau, excédée cette fois-ci. Elle s'approcha de la rampe et cria dans l'escalier :

— Les deux premiers jours étaient prévus !

Le docteur Grew apparut sur le pas de la porte de sa chambre et regarda sa fille d'un air navré.

— Vous n'auriez jamais dû... fit-il en secouant la tête.

— Papa ! essaya encore Samy. "Mathieu tenait à retrouver Sweet Lolly et à nous débarrasser de Setting Sun Thief."

— C'était de la folie, et tu le sais parfaitement. Tu te rends compte ? Tu as vu comme nous les sacoches et le foulard... Le cadavre. Enfin, ma fille, tout n'est pas réglé, tu le sais, puisqu'il y avait *deux* Setting Sun Thief !

— Mais ça ne veut pas dire que l'autre soit méchant, s'entêta la jeune fille.

— De toute façon, Samantha Amy Grew, ton devoir était d'empêcher Mathieu de partir pour les Monts Musgrave. Comment as-tu fait pour ne rien lui dire ?

— Je l'ai dit. Mais, papa, qu'il y ait du risque ou non – de toute manière, ce n'est qu'un cheval.

— C'est un monstre ! Rappelle-toi l'expédition pour Stainless Idyll, il y a trois ans.

Samantha, qui allait protester, en resta la bouche ouverte. Puis elle se reprit.

— N'importe comment, il a un fusil ! lança-t-elle, persuadée de la logique de ses paroles.

— Mon petit... Gerald Mayor avait aussi un revolver. Et ça n'a pas empêché Setting Sun Thief de lui casser une jambe.

— Vous espérez que ça arrivera à Mathieu ? demanda la voix hargneuse d'Heartley, derrière eux.

— Noon... mais non – oh non, oncle Heartley !

Pauvre Samantha ! Plus elle défendait son ami, plus elle s'apercevait du danger encouru dans cette entreprise hasardeuse.

Le docteur Grew posa ses mains sur les épaules de sa fille et fixa

Heartley droit dans les yeux.

— Ne sois pas si brusque avec elle, Matt, reprocha-t-il. Ce ne sont que des enfants, ne l'oublie pas ! Je pense que tu devrais faire confiance à ton neveu...

Il fut interrompu par un cri de joie. Un cavalier arrivait au grand galop à travers les enclos, tenant en longe... Sweet Lolly ! Samantha se rua dans les escaliers, suivie de près par les deux hommes qui n'en croyaient pas leurs yeux.

Elle sauta au cou de sa jument, puis se tourna, rayonnante, vers Mathieu qui descendait de cheval. Il lui sourit d'un air un peu crispé. Il était fier, malgré sa fatigue. Poussiéreux, les bottes boueuses, épuisé, à prendre avec des pincettes tant il était sale, il vint se placer avec Gipsy devant Heartley, silencieux et sévère. Ce dernier détailla la tenue débraillée de son neveu, puis son regard se porta sur Jet Star qui attendait, tête basse.

— Mais… son harnachement ? s'étouffa-t-il en désignant la jument. David Grew examina les coudes déchirés et la chemise tachée du garçon.

— La salle de bains, c'est la deuxième porte à gauche, en haut de l'escalier, commenta-t-il, à la fois hilare et soulagé. Mathieu adressa un long clin d'œil à Gipsy.

— On a eu... quelques problèmes.

— Quelques... c'est ça ! explosa Heartley qui ne savait plus s'il devait rire ou se fâcher. Allez, disparais – *larrikin* ! Va te laver et, par pitié, emmène ce chien dégoûtant avec toi !

Le rire de Mathieu résonna dans les escaliers. Samantha, triomphante, se tourna vers son père.

— Alors ?

— Ne fanfaronne pas trop, Samy. Ton cher ami a l'air plutôt crevé et je me demande si Jet Star vaudra encore quelque chose après ça.

— Mais... Sweet Lolly est de retour, papa, et...

— Rien du tout. Va dans le salon, Samantha, coupa son père. Il se tourna vers Heartley. “Emmenons les juments à l'écurie. Elles ont besoin d'un sérieux pansage !”

En haut, dans la salle de bains, Gipsy et Mathieu s'en donnaient à cœur joie. Le chien aurait fait n'importe quoi pour son jeune maître en tant que berger, mais à ce moment-là, il s'amusait à courir autour de la pièce, Mathieu à ses trousses. On entendait des cris tels que “Gipsy ! Le savon ! Rends-moi ça immédiatement !” Il y eut un bruit de chute, de bataille, puis de nouveau d'eau. Ketzia sourit depuis la buanderie où elle empilait le linge fraîchement lavé dans les casiers. Une énorme lessive chaque semaine suffisait amplement à tout le monde. Bien entendu, elle durait toute la journée et seuls huit stockmen étaient épargnés par la “corvée de lessivage”. Le travail au ranch ne pouvait être interrompu. Il fallait s'occuper des mérinos, vérifier les parcs, garder les pâturages avec les chiens pour empêcher tout voleur de bétail, homme ou bête, de s'approcher des moutons et enfin surveiller et éteindre la moindre étincelle qui osât s'allumer dans la nature brûlante, brouillée par l'insupportable chaleur.

Mathieu apparut au salon, ses cheveux trempés collés sur le front, vêtu d'un pantalon et d'une chemise de David Grew à peine trop grands pour lui, visiblement fatigué mais heureux comme un roi. À ses côtés trottinait Gipsy, efflanqué par son bain, laissant pendre une langue apparemment interminable.

Heartley, assis dans un fauteuil en osier près de la fenêtre, les jambes croisées négligemment, mâchonnait sa pipe. Il ne fronçait pas les sourcils, mais il ne souriait pas non plus.

Samantha et son père suivirent du regard le garçon qui allait s'installer sur le divan, derrière son oncle. Gipsy s'allongea sur la natte qui recouvrait le plancher, posa son fin museau sur ses pattes et s'endormit aussitôt.

Heartley se retourna, et fixant un point invisible de la pièce, demanda simplement :

— Pourquoi ?

— Tu le sais, répondit Mathieu sans insolence. Il ajouta, plus doucement : "Je ne pensais pas que ça prendrait aussi longtemps... Je suis *vraiment* désolé de t'avoir fait peur."

Le vieil homme laissa passer un silence. Samantha s'était levée et, comme pour le protéger des fureurs de son oncle, elle s'était rassise à côté de Mathieu.

— Tu as fait ce que tu voulais faire ?

— Oui.

— Est-ce que tu savais ce que tu risquais ?

— Ou... oui, hésita le garçon qui voyait Heartley à bout de nerfs et qui s'en voulait énormément, réalisant soudain par quelles transes avait dû passer son oncle.

— Alors pourquoi es-tu parti ? s'exaspéra le vieux stockman.

— Eh bien... je VOULAIS savoir, répondit encore Mathieu. Samantha lui serra la main et ses yeux bleus défièrent Heartley. Gipsy se redressa en grondant, ses grands yeux dorés, pleins de reproches, fixés sur le visage du Patron crispé par la colère. Heartley se reprit et le calme revint dans la pièce. Samantha soupira de soulagement, Mathieu se détendit imperceptiblement, Gipsy cessa de grogner, se recoucha et se rendormit paisiblement, conscient d'avoir fait "son devoir de chien fidèle".

Heartley revint s'asseoir. Après un moment de silence assez lourd, il demanda sans brutalité mais avec une sourde autorité :

— Raconte ce qui s'est passé.

Mathieu s'exécuta de bonne grâce. Sans doute la collection d'ornithorynques en verre coloré qui garnissait les étagères de la bibliothèque des Grew n'avait jamais autant résonné d'aventures si palpitantes et extraordinaires. Samantha ouvrait de grands yeux stupéfaits, son père et Heartley émettaient des grognements approbateurs ou réprobateurs, selon que Mathieu racontait ses réussites ou ses échecs, qui l'avaient mis parfois dans de dangereuses positions...

Lorsque l'étalon mystérieux s'était enfui, laissant indûment son adversaire au sol, le garçon l'avait suivi. Il avait ainsi découvert l'entrée de la Vallée, par un troisième couloir périlleux, et son arrivée au milieu du troupeau avait provoqué une panique bien compréhensible. Depuis longtemps, hommes et chiens signifiaient la douleur, la mort, le corral terrible pour les juments de Setting Sun Thief.

Sweet Lolly elle-même avait rué méchamment lorsque Mathieu s'était approché d'elle.

Le garçon avait laissé Jet Star se mêler au troupeau. L'étalon mystérieux, devenu maître des lieux, l'avait aussitôt mêlée au troupeau qui, jaloux et furieux, s'était mis à persécuter l'intruse qui volait, bien malgré elle, la première place.

Jet Star avait vite fait de revenir vers Mathieu. Gipsy l'ayant chassée, la jument désorientée et malheureuse, chercha refuge auprès de Sweet Lolly et fut repoussée dans un coin de la vallée qu'éclairait à peine le soleil.

Mathieu y aperçut deux silhouettes immobiles, dont l'une frémissait de terreur et l'autre s'efforçait de paraître effrayante.

Il s'agissait d'un petit poulain aux longues jambes grêles et de sa mère. La jument était sale, sa crinière et sa queue touchaient presque le sol, enchevêtrées de brindilles, l'un de ses yeux semblait aveugle. Il en coulait du pus et Mathieu en déduisit qu'elle avait dû être blessée soit par une des juments du troupeau, soit par Setting Sun Thief lui-même.

Ce ne pouvait en tout cas avoir été par le nouvel étalon, puisque celui-ci, qu'observait le garçon depuis un rocher, s'étant approché de la jument, la caressa de ses naseaux et frotta sa tête contre elle avec tendresse. On reconnaissait à de multiples ressemblances et en particulier à la finesse de leurs jambes, qu'ils devaient être la mère et le fils.

Quant au petit poulain, rassuré par la présence de son aîné dont l'odeur effaçait celle des hommes apportée par Jet Star, il gambadait joyeusement autour de sa mère.

Celle-ci finit par sortir de l'ombre et s'avança vers le troupeau à pas lents. Le poulain la suivit prestement. Il était d'un noir d'encre, à l'exception d'une fine liste descendant de son trop large front à son museau humide.

Mathieu l'avait appelé *Little Fly*. Et, provisoirement, il avait surnommé la jument *Old Reekie*. Était-elle ou non Stainless Idyll ?

Puis, se désintéressant momentanément d'eux, il avait fait quelques pas vers l'étalon immobile dans la brise. L'encolure longue et fine, arquée, s'était penchée vers lui et la tête, petite et bien modelée, avait renâclé.

On aurait dit que quelque chose de mystérieux obligeait le cheval sauvage à rester sur place.

Mathieu avait tendu les doigts et caressé avec légèreté les doux naseaux frémissants. L'étalon dansait, semblait-il, et ses yeux trop blancs, suivaient le garçon d'un regard étrange.

— Alors je me suis hissé sur lui en prenant appui sur un rocher et je me suis accroché à la crinière.

— T'as fait quoi ? se récria Heartley, manquant en avaler sa pipe.

— C'était de la folie, renchérit le Docteur Grew. Samantha fixait Mathieu, à la fois remplie d'admiration et ahurie devant cette inconscience pure.

Il n'avait pas bougé. On eut dit qu'*il* ne se rendait même pas compte que le garçon était sur son dos. Il avait reniflé la jambe de son cavalier d'un air dédaigneux.

— J'aurais parié que ce n'était pas la première fois qu'on le montait, fit Mathieu, enthousiaste quoique encore étonné.

— Impossible, observa Heartley, d'après ce que tu nous as dit, c'est vraiment un animal sauvage... Et ensuite ?

— Et bien... brusquement il est devenu comme fou et il m'a jeté à terre.

— Ça devait arriver ! s'exclama David Grew.

— Et après ? demanda Samantha qui voyait à l'air préoccupé du garçon que l'étalon mystérieux ne l'avait pas simplement “obligé à descendre”.

— Il était furieux, je ne sais pas pourquoi. Il s'est précipité vers moi et j'ai vu le moment où il allait m'écraser sous ses sabots, lorsque Old Reekie a henni. Ça lui a pris, comme ça, mais elle m'a sauvé la vie, en tout cas.

Heartley serrait les accoudoirs de son fauteuil, le visage crispé.

— C'était elle, n'est-ce pas ? Hein – dis-le ! C'était elle ! Ma Stainless !

Il avait crié ce nom avec désespoir, persuadé que si Mathieu ne le disait pas, c'était parce qu'un cataclysme inconnu ou tout simplement l'étalon furieux, avait mis fin aux jours de la jument.

— Et bien... hésita son neveu. Hier, quand nous sommes tous allés au lac…

— Quoi ? s'étouffa Heartley.

— Voilà pourquoi il n'y avait personne dans la vallée quand nous y sommes arrivés, en déduisit David.

— Au lac, donc ? s'impatienta Samy.

— Elle est sortie de l'eau plutôt blanche que grise. Mais ce n'était pas la seule…

— Pas grave ! fit son oncle, conciliant. "Tu crois que…"

À ce moment-là, Samantha poussa un cri. Une tête venait de s'encadrer dans la fenêtre du salon.

CHAPITRE 10

Celui qui a l'esprit fidèle garde les secrets

C'était celle trop grosse et maladroite, d'un petit poulain. Ses grands yeux étonnés battirent comiquement des cils en voyant Heartley, la bouche ouverte, le tuyau de sa pipe au bord des lèvres. Le hennissement plaintif d'une jument appela le poulain qui tourna la tête, répondit d'une voix grêle et se mit à mâchouiller le rideau.

Mathieu fut le premier à se reprendre. Il tapa dans ses mains et s'approcha du petit cheval, qui le regardait d'un air faussement innocent.

— Décidément, il veut personnifier son nom ! lança l'adolescent en tendant la main pour caresser les naseaux du poulain. "Bonjour, Little Fly."

Heartley se précipita à une autre fenêtre et scruta les environs de la maison, tentant d'y découvrir la jument. À ce moment-là, l'un des lads de David Grew se précipita vers la véranda.

— Patron, patron, criait-il affolé, un troupeau de chevaux sauvages ! Là-bas, près du corral… Il y a un diable d'étalon, *sir*, c'est Setting Sun Thief... Il est revenu, c'est sûr !

Le docteur enfonça son chapeau sur sa tête d'un coup de poing et bondit dans la direction indiquée par le stockman. Mathieu, Heartley et Samantha s'élancèrent à sa suite. Ils contournèrent la maison et s'arrêtèrent brusquement, interloqués. Une trentaine de juments virevoltaient, se cabraient, hennissaient, se mordaient, autour du corral où les chevaux s'étaient rassemblés en un groupe compact de croupes et de têtes noires, brunes, alezanes ou grises.

L'étalon sauvage ne bougeait pas, lui, face à face avec Large Cask, l'étalon du ranch. Sa longue crinière s'envolait au vent et pas un des muscles puissants, que l'on devinait sous sa robe sale et zébrée de cicatrices, ne frémissait.

— S'il se bat contre Large Cask, il va le tuer, c'est certain... murmura Mathieu, atterré.

Heartley et David regardaient autour d'eux, cherchant désespérément comment intervenir, lorsque Little Fly apparut soudain au coin du bâtiment. Il lança un bref hennissement aigu et ses lèvres se retroussèrent en une moue plaintive tandis qu'il quêtait la réponse.

Elle ne tarda pas.

Surgissant de l'autre côté de la maison, une jument accourut vers le poulain. Son galop paraissait aérien tant il était léger, sa robe étincelait au soleil, sa queue et sa crinière se déployaient au vent, telles des bannières blanches. Tout en elle annonçait le pur-sang : sa tête aux naseaux délicats, et veines saillantes, modelée avec finesse. Sa beauté, ses lèvres roses lorsqu'elle caressa le poulain, son encolure superbe, arquée avec fierté, son corps aux courbes élégantes, sa longue crinière soyeuse et sa queue relevée avec panache, ses jambes bien formées, nerveuses, ses sabots minuscules, d'un gris bleuté... et surtout son regard d'un azur étincelant, profond et intelligent.

— Stainless Idyll... ma perle rare... mon trésor, ma toute belle... mon joyau... viens, ma fille, égrena Heartley, émerveillé, si bas que personne, ou presque, ne l'entendit.

La jument leva la tête et ses oreilles se dressèrent. Elle regarda Heartley – Heartley la regarda.

On avait l'impression qu'un courant passait entre eux, invisible mais si profond, si mystérieux qu'on le sentait presque dans l'air. Chacun retint son souffle.

Heartley fit un pas en avant et tendit doucement la main.

La jument frémit et repoussa son poulain derrière elle. Elle coucha les oreilles et roula des yeux effrayés, comme si elle essayait de résister à la fidélité presque oubliée qui l'attirait vers le vieil homme.

Heartley fit un autre pas.

La jument se cabra nerveusement et hennit. Elle retomba sur ses antérieurs et renâcla avec agacement.

Heartley se mit à siffler une mélodie étrange, très douce et très simple.

La jument dressa à nouveau les oreilles. Elle pencha la tête de côté, comme pour mieux écouter et comprendre l'appel. Alors seulement elle s'avança, dansant à chaque pas, fixant de son œil valide la paume ouverte du vieil homme.

Encore trois pas, deux pas, *un pas...*

Au moment où ils se touchaient enfin, un hennissement strident, perçant comme un coup de sifflet, déchira le silence et rompit l'équilibre fragile du lien renoué.

Stainless Idyll fit demi-tour et s'enfuit vers le troupeau libre. L'étalon sauvage et Large Cask se faisaient face, le regard prêt à tout.

Mathieu s'élança vers eux en agitant les bras. Gipsy bondit par la fenêtre du salon et galopa en direction de son maître en aboyant férocement. Les stockmen éperonnèrent leurs chevaux, empoignèrent leurs légères houlettes et se dirigèrent droit sur les combattants qui hennissaient furieusement.

Sabots et crinières tourbillonnaient dans les grincements, claquements de mâchoires et dents. Heartley hurla à Mathieu de s'éloigner du duel, mais le garçon ne l'écoutait pas. Il s'était agrippé à la crinière du cheval sauvage, et malgré les violentes ruades de celui-ci, il tenait bon. Il ne lui fallut que peu de temps pour se hisser sur le dos de l'étalon, pendant l'accalmie produite par l'arrivée des stockmen.

Mais dès que ceux-ci eurent reculé, Large Cask leur échappa et se précipita vers son rival avec fureur, ses sabots menaçants visant la colonne vertébrale de Mathieu, couché sur le dos ennemi.

Samantha poussa un cri :

— *Mon Dieu, sauve-le !*

Gipsy bondit au milieu des combattants et les sépara. Le garçon, brutalement secoué, restait accroché au cheval, ses cheveux se mêlant à la crinière désordonnée.

Large Cask, en désespoir de cause, voyant que tous ses efforts ne parvenaient pas à faire fuir l'intrus, rassembla ses juments et battit en retraite. Il y eut un soupir de soulagement collectif. Heartley se rua vers l'étalon mystérieux, bégayant de rage et de stupéfaction. Comment Mathieu s'y était-il pris pour maîtriser cette bête sauvage ? Il hurlait, riait, lançait des ordres, des compliments, le tout embrouillé par la peur rétrospective et la joie présente qui lui nouait la gorge.

Mathieu se redressa, épuisé par cet effort supplémentaire. L'étalon souffla bruyamment et lança un hennissement de triomphe vers le corral où s'était réfugié Large Cask.

Samantha accourut avec son père. Les stockmen refermaient soigneusement les barrières en commentant l'incident avec force onomatopées.

— Malade ! Il est malade, ton neveu, Matt ! décréta David, rayonnant.

— T'es complètement maboul ! lança la jeune fille, éperdue d'admiration.

— Merci, balbutia Mathieu qui vacillait de fatigue. Heartley lui fit mettre pied à terre et tint prudemment la crinière de l'étalon.

— On va rentrer, dit-il fermement, scrutant avec inquiétude le visage du garçon.

— D'accord, mais qu'est-ce que je fais de toutes ces juments, moi ? Je les mange ? protesta le docteur.

— En salade, ça doit être excellent, ironisa Heartley. Non, Dave, tu devrais les enfermer dans un des parcs cette nuit, et demain les autres propriétaires viendront voir s'ils reconnaissent quelque chose là-dedans !

— Okay. Tu emmènes le chéri de ces dames ? Je n'ai aucune envie de me relever cette nuit pour l'empêcher de se battre avec Large Cask.

— Tu crois que c'est une bonne idée ? Je veux dire – de le séparer du troupeau ?

— Et bien... il n'y a qu'à essayer.

Mathieu caressait l'encolure de l'étalon. Étonnamment, celui-ci se laissait faire sans broncher. Heartley fit signe à son neveu de le faire avancer.

Le garçon enleva sa ceinture, la passa autour du cou du grand animal, y fit une boucle lâche puis tira doucement. Le fils de Setting Sun Thief suivit docilement le groupe jusqu'à la véranda, sans plus se préoccuper du troupeau. Ahuri, David Grew approcha son van, se demandant si l'étalon y monterait avec la même facilité.

Voyant l'incroyable ascendant qu'avait son neveu, Heartley retourna près des juments, persuadé qu'il allait y retrouver Stainless Idyll et son petit. Mais il ne put les dénicher et revint, déçu, vers le van. Samantha lui tendit les clés avec un sourire.

— Il est à l'intérieur, dit-elle joyeusement, il est rentré sans aucun problème ! C'est dingue, non ?

— Ouais, c'est dingue, grommela Heartley. Allons, petite, à demain.

— À demain ! lança la jeune fille en agitant la main. "Ne rêvez pas trop de Stainless Idyll !"

David Grew vint la rejoindre et la réprimanda à propos de cette dernière allusion. Puis ils rentrèrent.

Mathieu s'était agenouillé sur la banquette et contemplait l'immense étalon qui semblait parfaitement à son aise dans l'étroit espace, malgré les cahots de la route.

— Ahurissant, ahurissant... marmonnait le vieil homme en conduisant d'une main experte à travers la poussière rougeâtre.

— Qu'est-ce que tu dis ? demanda distraitement son neveu. Oncle Matthew, je suis certain que ce cheval a vécu dans un ranch – tu as vu comme il m'obéissait ? On aurait dit qu'il n'avait jamais rien fait d'autre dans sa vie. Ahurissant...

— C'est exactement ce que je disais, fit remarquer le vieux stockman, amusé.

— Ah bon ?

— Ouais. Au fait, pourrais-tu m'informer de ce que tu comptes faire de cet étalon ?

— Moi ? Mais... j'en sais rien, quoi ! Est-ce qu'on ne pourrait pas le dresser, ou...

— Il est trop vieux pour être débourré, maintenant. Mais, à la limite, je me demande s'il ne supporterait pas une selle et un mors. Qu'en penses-tu ?

— Ça s'rait génial ! Tu crois que je pourrais le monter ?

— De ma part, ce n'est pas un non catégorique... mais de la sienne, aucune idée !

— Il ne refusera pas, affirma le garçon. Il se rassit et se tut.

— Et bien, murmura Heartley au bout d'un moment, parti comme ça l'est, je sens qu'il va y avoir des étincelles !

Il jeta un coup d'œil à son neveu. Celui-ci somnolait, la tempe appuyée à la vitre.

T'as le caractère de Jef, Mathieu, soupira-t-il. *Impulsif, impétueux jusqu'à l'imprudence, capable d'aller au bout de tes idées ! La douceur de... Natalye, aussi... Qui d'autre aurait pu faire ce que tu nous as exécuté tout à l'heure ?*

Il évita un kangourou qui traversait la piste d'un air effaré et leva vers le ciel qui s'assombrissait un regard reconnaissant.

Vraiment je te remercie... Un neveu pareil... Quel cadeau ! Merci, ô combien...

À l'arrière, l'étalon s'ébroua joyeusement.

CHAPITRE 11

Je t'appelle par ton nom, tu es à moi

Mathieu fourragea dans ses cheveux blonds avec perplexité.

— Alors ? demanda son oncle en souriant.

— Eh ben... je ne vois que ça, mais bon...

— C'est très joli, souligna Samantha. Elle était assise sur le divan du salon d'Heartley, en tailleur, ses jambes ramenées sous sa jupe de coutil bleu, les manches de sa chemisette relevées.

Le vieil homme s'appuya sur le dossier de la chaise de Mathieu.

— Est-ce que ça te plaît vraiment ? répéta-t-il. L'adolescent parcourut du regard toutes les expressions qu'il avait griffonnées sur un brouillon : des noms pour l'étalon...

— Ouais, répondit-il enfin.

Samantha sauta sur ses pieds.

— Bravo ! s'écria-t-elle.

— Sois pas si pointu, Mathieu, ajouta Heartley. On ne va pas s'embêter avec de la grammaire pour un nom qu'on n'enregistrera pas.

— Bon. Alors on reste sur ça, déclara le garçon.

Ses yeux rencontrèrent le regard malicieux de la jeune fille.

— Quand je pense qu'il nous a fallu une heure pour dire ça – alors qu'on y pensait avant ! déplora-t-il.

— T'avais qu'à être plus catégorique, lança Samantha. Elle secoua la tête pour se débarrasser d'une mèche rebelle et regarda sa montre.

— Okay, fit-elle en souriant, j'ai juste le temps d'aller à mon cours.

— Je t'emmène, proposa Heartley.

Mathieu s'élança vers la porte.

— Et moi je vais voir *Sands' Mystery* ! cria-t-il. Le temps de mettre mes bottes...

Son oncle se mit à rire. Il entraîna Samy dehors, la fit monter dans la Jeep et démarra.

Ils allèrent attendre Mathieu à côté du corral. Little Fly et Stainless Idyll s'approchèrent d'eux en folâtrant. Heartley avait souvent l'impression qu'il allait étouffer de joie tant il était comblé. Il avait retrouvé sa championne et elle se réadaptait merveilleusement bien au ranch. Mathieu avait commencé à dresser l'étalon avec une facilité qui relevait du mystère et Samantha venait presque tous les jours leur rendre visite. Le vieil homme adorait l'animation que mettaient les deux adolescents dans la maison, qu'ils glissent sur la rampe de l'escalier ou qu'ils confectionnent de délicieux gâteaux légèrement brûlés, qu'ils jouent ou travaillent dans le salon. Ils invitaient Heartley dans des parties de cartes, de dames chinoises ou d'échecs avec un tel entrain qu'il était impossible de résister au fou-rire !

Et *Silver Horse Ranch* n'était plus une maison solitaire.

Bien souvent, Peggie, Prisca, John et Wilfried rejoignaient leurs amis et, malgré l'ombre jetée par l'absence de Cynthia qui s'excluait d'elle-même, c'étaient de longues chevauchées éreintantes aux souvenirs impérissables, des courses et des concours de sauts aux termes desquels tous plongeaient dans le lac en s'éclaboussant copieusement. Ils revenaient ensuite goûter au ranch et Zoé, débordante d'enthousiasme, confectionnait pour eux des pâtisseries dignes de rois. On riait, on chantait, on courait, on galopait et partout régnait la joie de vivre, rayonnait l'amitié.

Et, chose merveilleuse, Dieu n'était pas oublié. Il dispensait sur les adolescents, comme sur les adultes contaminés par cette vague d'entrain, un bonheur inoubliable.

Même Mathieu, pensait Heartley en voyant son neveu caracoler dans leur direction sur Piebald Sugar, même Mathieu semblait s'être habitué aux rudes conditions de vie australiennes et, bien qu'il n'oubliât pas sa mère, il lui arrivait moins souvent de s'isoler sous le rebord de son chapeau pour ravaler son chagrin.

— Oncle Heartley, à quoi vous pensez ?

— Hé ! Ça ne te regarde pas, plaisanta l'homme en adressant un clin d'œil à la jeune fille qui le fixait d'un air un peu inquiet.

Samantha se mit debout sur le siège usé et poussiéreux. Sa longue natte rousse frissonnait dans son dos.

— Alors, tu viens ? cria-t-elle en agitant le bras. Heartley mit le contact et donna une dernière caresse à Stainless Idyll qui tendait le cou au-dessus de la barrière.

— T'as pas l'impression de marcher sur mes sièges ? protesta-t-il, feignant l'indignation. Samantha lui tapota la tête en riant.

— Voyons, oncle Heartley, ils étaient déjà crades ! lança-t-elle.

Mathieu donna un coup de talon dans les flancs de Piebald Sugar et ils sortirent du ranch. Noah les regarda passer et les salua en levant son chapeau.

— Bonjour à la terreur ! fit-il depuis le dos de Jet Star. Il séparait les brebis pleines des autres en prévision de la série de naissances qui ne tarderait guère.

Heartley mit le cap sur Oodnadatta. Samantha s'était rassise et retenait sa longue jupe. Ils dépassèrent un troupeau d'ânes qui broutaient et le rancher grommela quelque chose comme une expédition à organiser pour réduire ce fléau à néant. La jeune fille les regarda jusqu'à ce que la poussière l'en empêche et soupira :

— Dommage que ces animaux mignons comme tout soient aussi embêtants !

— Qu'est-ce que tu veux ? se résigna Mathieu qui galopait à côté de la Jeep et qui avait entendu. "Ou c'est ça ou c'est les mérinos..."

— Tu me feras penser de réparer la clôture du dix-septième parc, Mathieu, dit brusquement Heartley. "Ces fichus dromadaires l'ont encore à moitié démolie et je n'apprécierai pas du tout qu'un dingo passe par le trou."

— Okay, j'y songerai, tonton de mon cœur... tu veux pas faire avancer ce tacot un peu plus vite ?

— J'en étais sûr, grogna le rancher, ce genre de qualificatif déplacé cache toujours quelque chose...

Il enclencha la vitesse supérieure. Samantha avait coincé sa jupe sous ses genoux et passé sa tête par la portière. Sa natte était secouée par le vent et elle plissait les yeux pour éviter la poussière, mais elle riait aux éclats.

La longue prairie dorée, mouchetée d'arbustes fauves, s'étendait à perte de vue, barrée uniquement par la masse rocheuse des Monts Musgrave et le ranch entouré des enclos. L'air brûlant tremblait légèrement au-dessus du sol sec et poussiéreux. Les mérinos bêlaient de temps à autre, suivant qu'on envoyait les chiens pour les rassembler ou les séparer.

— Celui-là. Non, Mathieu – pas le tacheté… Voilà. Mais non, idiot ! Gipsy ! Écarte-le du troupeau… Super ! Viens ici – c'est parfait. Bravo, Gipsy, bien joué.

Noah, juché sur la barrière, dirigeait le chien qui tirait une langue rose haletante, si bien qu'il paraissait rire… autant des compliments qu'il venait de recevoir, que du mouton séparé de ses congénères, ou de Mathieu qui s'approchait d'un air penaud.

— Désolé, Noah, mais j'ai comme l'impression que Gipsy se débrouille mieux que moi, lança-t-il avec une grimace.

— C'est parce que t'es encore qu'un *jackaroo*, le consola le stockman. Après tout, Gipsy a tout un arbre généalogique de bergers. C'est pas comme toi…

— Dis tout de suite que je suis nul et qu'on peut rien y faire ! s'indigna Mathieu, les yeux brillants de malice.

— C'est à peu près ça, plaisanta Noah en descendant de la barrière. Il flatta le chien et caressa les naseaux du cheval que montait son apprenti.

— Cette pauvre Jet Star a l'air perplexe, observa-t-il en riant. "Elle se demande pourquoi tu ne t'intéresses à elle que pour travailler."

Mathieu se pencha sur l'encolure mouillée de sueur.

— Faut t'y faire, ma grande, le temps que j'apprivoise un peu ce cher Sands' Mystery…

— Quand est-ce que tu nous l'amènes ? demanda Noah en ramassant le mouton malade et en se dirigeant vers le hangar.

— Quand il consentira à se considérer comme un cheval normal. Pour l'instant, il se croit le maître absolu de tout lieu que foulent ses sabots ! cria Mathieu en pressant la jument. Les boucles auburn de Samantha se profilaient sous la véranda.

— Samy ! appela le garçon en agitant la main. Samy, tu es venue quand même ? Je croyais que Ms Teach ne te laisserait pas sortir avant au moins quatre heures.

— La salle était retenue pour un autre sport, expliqua la jeune fille, les yeux pétillants. On fait une promenade ? Demain, ça sera trop tard, j'aurai des tonnes de courbatures !

Elle implora Noah du regard. Zoé apparut à la fenêtre de la cuisine.

— Oui, oui, filez vite, lança-t-elle, je m'arrangerai avec m'sieur Noah.

— Okay, fit celui-ci en souriant, tu as mérité cette récréation. Mais attention, demain c'est leçon intensive.

Mathieu avait déjà talonné Jet Star et rejoignait Samantha. Noah s'éloignait vers le hangar. Zoé secoua la tête avec indulgence :

— Quel enthousiasme, cette jeunesse... soupira-t-elle.

Elle allait refermer la fenêtre lorsque la camionnette postale entra dans la cour. Un homme en sortit, une mince liasse à la main.

— *G'day* ! lança-t-il avec bonne humeur. Le coucou est arrivé à Oodnadatta ce matin. Il y a une lettre pour m'sieur Heartley – de France.

— Encore ? J'espère que ce sont de bonnes nouvelles, cette fois-ci… ajouta-t-elle pensivement.

— C'est vrai que vot' patron va adopter son neveu ? s'enquit le facteur avec curiosité.

— Pourquoi pas ? biaisa Zoé.

— C'est un bruit qui court, comme ça... expliqua l'homme en remontant dans son véhicule. La gouvernante se mit à trier le courrier. Elle alla déposer l'enveloppe rayée de rouge et de bleu sur le bureau d'Heartley, garda les factures pour les comptes qu'elle tenait, apporta le cours et les devoirs par correspondance de Mathieu dans sa chambre.

Puis elle décida de nettoyer à fond le rez-de-chaussée. La maison avait subi l'assaut d'une tempête et bien qu'on l'eut vidée et lavée à grande eau la veille, des grains de sable restaient incrustés dans les encoignures.

Mathieu rentra en coup de vent dans la cuisine.

— C'est moi ! cria-t-il à tue-tête. J'ai une faim de dingo – qu'est-ce qu'on mange ce soir ?

— Quitte tes bottes, Mathieu, lui rappela Zoé du haut de l'escalier, son plumeau dans une main et le fil de l'aspirateur dans l'autre. Le garçon s'exécuta de bonne grâce et enfila ses sandales.

— On a fait une promenade géniale ! lança-t-il avec exubérance.

— Où êtes-vous allés ? demanda la brave femme en descendant péniblement l'escalier. Mathieu bondit vers elle et lui prit l'aspirateur.

— Derrière Oodnadatta, répondit-il, presque aussi loin que le Lac *Eyre*. Et tu sais quoi ? Samy a trouvé un bébé koala.

— Pauvre chou, s'apitoya Zoé. Elle accrocha son plumeau dans le placard à balais et commença à enrouler le fil de l'aspirateur.

— Il s'était perdu, sans doute, fit-elle remarquer sans lever la tête. "Vous ne l'avez pas touché, j'espère ? Sa mère n'aurait plus voulu de lui."

Mathieu s'accroupit pour être à la hauteur de la gouvernante.

— Bien sûr que non, dit-il doucement, mais il était déjà mort, tu sais. Il était trop petit pour survivre seul, loin de ses parents.

Il se tut, pensif et mélancolique. Zoé l'observa un instant, émue, puis se redressa douloureusement.

— Eh bien, proposa-t-elle, que dirais-tu d'un morceau de gâteau ?

J'ai fait un *Lamington* tout à l'heure. Il doit être glacé, maintenant. Et puis c'est l'heure *smoke-oh*, les hommes vont arriver.

Un instant plus tard, attablé parmi les stockmen qui bavardaient avec animation, dans ce brouhaha bourru mais affectueux, le garçon semblait à nouveau plein d'entrain.

La Jeep filait à vive allure vers les quelques arbres qui entouraient le lac. C'était là que Mathieu laissait l'étalon sauvage, chaque jour après l'avoir monté et obligé à quelques exercices de dressage simple. Il l'avait peu à peu entraîné à répondre aux moindres injonctions du mors et Noah avait déclaré à Heartley que les merveilles accomplies par le garçon à l'égard de l'animal relevaient du mystère. Toujours en était-il que Sands' Mystery était une incroyable monture dont la docilité impulsive et l'intelligence extraordinaire seraient certainement découvertes un jour par tous. Et d'après le dresseur aborigène, cette heure révélatrice se passerait sur le champ de course prestigieux de Sydney.

À force d'entendre parler des prouesses d'un étalon qu'il considérait comme irrémédiablement sauvage, quoique incroyablement doux avec Mathieu, Heartley s'était décidé à venir voir son neveu sur le dos de Sands' Mystery.

Le garçon attacha Piebald Sugar à un eucalyptus, près de la Jeep, puis s'avança vers l'étendue miroitante. Il siffla par trois fois et attendit en silence. Un perçant hennissement déchira l'air chaud, et dans un bruissement et des craquements bruyants, l'étalon arriva au galop.

Il pila devant Mathieu, recula de quelques pas en voyant Heartley, pointa légèrement en apercevant Piebald Sugar. Le garçon le caressa doucement et le calma. L'étalon posa son regard de feu sur le visiteur et piétina nerveusement. Sa petite tête finement ciselée se levait avec orgueil et sa lourde crinière noire tombait en crins désordonnés sur son encolure.

Mathieu lui noua son licol, et sans le lâcher, s'approcha de Piebald Sugar. Le hongre recula en hennissant plaintivement. Heartley lui prit la tête entre les mains et l'obligea à regarder ailleurs pendant que le garçon défaisait la selle. Ils bridèrent l'étalon qui surveillait le Patron d'un regard inquisiteur.

— Je ne sais pas pourquoi, marmonna le vieux rancher, mais sa tête ne me dit rien de bon...

— C'est parce qu'il ne te connaît pas, expliqua Mathieu, rassurant. Il caressa l'étoile blanche que Sands' Mystery portait au front.

— Voyons, mon gros, t'as rien contre les oncles, hein ? C'est ça, tout doux, Sands', tout doux.

L'étalon frottait sa tête contre la poitrine du garçon. Celui-ci lui passa les rênes au-dessus des oreilles. Heartley recula de quelques pas.

— Tu sais quoi ? commença-t-il pensivement. Finalement, je me demande si ce n'est pas avec lui que Piebald Sugar s'est battu...

— Aucune idée, dit Mathieu. De toute manière, l'important n'est pas que Sands' se soit empoigné avec Piebald Sugar mais que mon gentil hongre soit revenu vivant. Après, le reste, on s'en fiche !

Heartley lui fit la courte-échelle et le garçon s'installa sur la grosse selle de stockman. Sands' Mystery tourna la tête et renifla le genou de son cavalier qui enfilait les étrivières. Puis il hennit avec bonne humeur. Mathieu se pencha sur l'arrogante encolure et chuchota quelques mots en français. L'étalon s'ébroua joyeusement.

— Par quoi je commence ? cria le garçon en se redressant. Heartley haussa les épaules.

— C'est à toi de faire la démonstration, répondit-il.

Son neveu se gratta la nuque d'un air concentré, puis son visage s'éclaira.

— Vise un peu le pas espagnol. C'est le dernier truc loufoque qu'il a bien voulu apprendre.

— Loufoque ? Ah, ces jeunes... marmonna le rancher en secouant la tête.

Le garçon avait tiré sur les rênes et donné un léger coup de talon dans les flancs de l'étalon. Celui-ci se mit à marcher en levant haut ses membres délicats, avançant les naseaux d'un air vaniteux.

Heartley éclata de rire.

— Oh, il est génial ! On croirait jamais qu'il a failli tuer quelqu'un y'a pas si longtemps...

— C'est un vrai bébé d'écurie, on dirait qu'il a fait ça toute sa vie. Et regarde un peu ça ! cria Mathieu en ramenant le cheval vers son oncle. Il lança Sands' Mystery dans un trot enlevé de plus en plus rapide, passa à l'ïambe gracieux puis en un galop si léger que l'étalon semblait littéralement flotter au-dessus du sol aride. Il décrivit un long tour dans la prairie, et revint vers Heartley muet d'admiration.

— Alors ? s'enquit fièrement le jeune cavalier.

— Superbe ! s'enthousiasma le rancher. "Tu le tiens merveilleusement bien. C'est un crack !"

— Il a une bouche hypersensible, expliqua Mathieu en flattant l'encolure à peine mouillée de sueur. C'est génial de le monter. Il obéit dès qu'on touche les rênes et il est – vous avez vu vous-même – vachement rapide !

Heartley sourit et caressa doucement les naseaux de l'étalon. Sands' Mystery frémit et recula. Ses yeux se dilataient.

— Malheureusement, il n'oubliera pas qu'il a été un étalon sauvage, soupira le rancher.

Mathieu haussa les épaules, confiant, souriant au lac qui brillait doucement au soleil.

CHAPITRE 12

Retenons jusqu'à la fin la ferme confiance

Heartley posa sa tasse sur la table et regarda avec affection son neveu qui croquait pensivement une biscotte, croyant l'avoir préalablement trempée dans son bol de café au lait. Zoé sourit, amusée, et emporta du salon le déjeuner du patron.

— Mathieu... Ce que tu manges n'a pas un goût bizarre ? interrogea son oncle, apparemment désintéressé. Le garçon releva la tête. Il était en train de faire les mots croisés d'un magazine équestre prêté par Bill Evens.

— Non, répondit-il. Pourquoi ?

— Regarde-la bien, ta biscotte.

Heartley pouffait de rire.

— Qu'est-ce qu'il y a ?

— Oh rien – simplement que t'es en train de manger une par une les *Rusks* que tu destinais à ton Sands' !

Mathieu ouvrit de grands yeux et regarda de plus près, d'un œil méfiant, sa soi-disant biscotte : elle était trop sèche, un peu sombre et on apercevait sur l'une des faces les mots *Horse Rusks.* Après quelques secondes de stupéfaction, il éclata de rire. À côté de la boîte à biscottes, se trouvait un paquet de biscuits pour chevaux, récemment ouvert.

— Bon, à part cette erreur que je voulais te signaler, reprit Heartley en redevenant sérieux, il faut que je te félicite pour ton dressage. T'as fait des merveilles avec cet étalon, fils.

Mathieu rougit de plaisir.

— Vraiment ? souffla-t-il, ravi.

— Je ne fais pas de compliments pour les wallabies ! rétorqua son oncle. Il se leva et repoussa sa chaise sous la table.

— Est-ce que tu l'as essayé sur des obstacles ? demanda-t-il.

— Non.

— Eh bien, on va commencer aujourd'hui. À propos, bravo d'avoir réussi à amener l'étalon ici sans qu'il se batte avec Brazen Will…

Ils se dirigèrent vers les écuries. Sands' Mystery les accueillit d'un claironnant hennissement. Le garçon le caressa avec tendresse. Heartley les considéra avec admiration. Comment avait donc pu se nouer entre deux êtres aussi différents, une affection de plus en plus profonde au fil des jours ?

Mathieu ne manifestait aucune crainte en démêlant les lourdes mèches noires de la crinière de l'étalon. Sands' Mystery lui avait posé la tête sur l'épaule, sa tête énorme par rapport à celle de son cavalier. Le gigantesque cheval piaffait. Ses muscles saillaient sous sa robe baie soyeuse. Il représentait puissance, beauté et majesté.

— Alors, mon grand ? Tu te sens en forme ? lança le garçon avec entrain. Je te préviens qu'aujourd'hui on attaque un gros morceau : le métier de gardien de troupeau.

— Oh, protesta Heartley, pas une aussi belle bête ! S'il saute bien, on pourrait l'engager dans des concours, et même dans la course de Kingoonya.

— Tu crois ? En décembre ?

— C'est un peu trop court, je pensais plutôt l'année prochaine… Mais en tout cas, il est bien trop beau pour vivre au milieu des mérinos comme n'importe quel autre hongre dressé à ça.

Mathieu donna une petite tape à l'étalon, qui s'ébrouait.

— Voyons, ne te gonfle pas comme ça. Allons, viens.

Il termina de le harnacher puis sortit des écuries. Heartley le suivit et le hissa en selle. Il sourit.

— Fais-lui faire le tour des parcs, dit-il. En passant, tu vérifieras qu'aucune des palissades ne soit abîmée.

— Tu as réparé celle du dix-sept ?

— Noah s'en est chargé. Allez, vas-y ! Tu n'as qu'à prendre la piste par la droite, les barrières sont ouvertes. Ça te fera des obstacles miniatures.

— D'ac. À tout à l'heure, oncle Matthew ! cria le garçon. Il ramassa les rênes et chuchota : "En avant !"

Heureux à l'idée de se défouler, l'étalon bondit et s'élança, crinière et queue au vent, vers les parcs. Le vieux rancher ferma la porte des écuries et courut jusqu'à l'extrémité du bâtiment où apparaissait déjà Sands' Mystery à la vitesse d'une flèche d'or, comète aux cheveux d'ébène, comme aurait dit Samantha qui comparait toujours l'étalon aux beautés de la nature.

Seigneur, il est vraiment bien, ce cheval... Et Mathieu le monte superbement ! On dirait qu'il a presque "oublié" qu'il était orphelin. Comme je suis heureux que tu lui aies donné de quoi se remettre.

Le vieil homme se pencha au-dessus de la balustrade de fer forgé de la véranda pour mieux suivre des yeux Sands' Mystery et son cavalier, sans se préoccuper des nuages qui s'étaient amoncelés comme une enflure... que creva la foudre en tombant avec fracas sur l'une des barrières.

L'étalon s'arrêta aussitôt et Mathieu fut projeté contre son encolure. Il se redressait, le nez ensanglanté, lorsque les yeux de Sands' Mystery s'allumèrent d'un éclat sauvage et inquiétant.

Le sol desséché du pâturage crépitait doucement, léché de minuscules flammes jaunes. Les stockmen accouraient pour l'éteindre. L'étalon se cabra de toute sa hauteur et lança un hennissement si perçant qu'on eût dit un cri de rage strident, puissant. Il se débattit, essayant de se débarrasser de son cavalier, botta, pointa et finit par s'élancer vers le feu naissant.

Brusquement l'une des barrières annoncées par Heartley se dressa devant lui. Entraîné par sa vitesse, il ne put assurer son impulsion, bondit quand même, prévint mal sa réception, dérapa, tenta de se redresser, glissa encore et s'abattit, écrasant sous lui son cavalier pris au piège.

— *Nooon ! Pas ça, Seigneur !* hurla Heartley.

Pour Mathieu ce fut un défilé d'images floues et trop rapides où basculaient les barrières. Il essaya de rattraper l'abord de l'obstacle, puis d'enrayer la chute – mais en vain. Il vit le sol se rapprocher à une vitesse inimaginable, comprit qu'il allait être écrasé sous son cheval, repoussa la selle sous lui pour s'en éloigner mais sa jambe gauche restait coincée dans l'étrier.

Il y eut un choc fulgurant, terrifiant de douleur. Mathieu roula sur les pierres, un nuage de poussière enveloppa les mouvements désordonnés de Sands' Mystery qui se débattait maintenant pour se relever, bousculant, secouant le garçon sur le sol.

La courroie de l'étrier céda brusquement et l'étalon se remit debout d'un solide coup de reins.

Broyé par la douleur, Mathieu tenta de voir quelque chose à travers le brouillard qui obscurcissait ses yeux. Il ne comprit pas qu'un arbuste venait de s'enflammer près d'eux, que Sands' Mystery se cabrait avec un cri affreux de défi, de colère et de folie, et qu'il abattait sur lui ses sabots furieux.

Il sombrait dans un abîme insondable.

Peggie céda la place à Samantha dans le cercle qu'avait tracé à la craie Ms Ann Teach. Eileen regarda d'un œil mitigé s'avancer celle qui avait toujours été sa victime. Elle ne savait plus que choisir : l'étrange arrivée de Mathieu bouleversait toutes les idées qu'elle s'était faites sur la fille du docteur Grew.

Le professeur fit signe à Samantha d'exécuter le pas compliqué mis au point pour l'extrait de *Cendrillon,* que les jeunes danseuses allaient présenter en même temps que leurs chorégraphies.

Cynthia s'était débrouillée pour qu'entre elles, les deux meilleures élèves, Ann la choisisse, *elle* pour incarner l'héroïne. Écœurée, Eileen trouvait que les bornes de la méchanceté avaient été dépassées. Prisca se mordit les lèvres. Elle aurait préferé voir son amie tenir le rôle de Cendrillon à la place de "cette pimbêche de Cynthia Fizz".

Iris s'appuya contre la barre, à côté de Fiona.

— Tu crois que Ms Teach va changer d'avis ? demanda-t-elle avec une moue. Cynthia lui était sympathique, en particulier parce qu'elles s'entraidaient lors des exercices de niveau de leurs devoirs par correspondance... Fiona haussa les épaules. Elle ne savait que penser, elle non plus.

Samantha exécuta une pirouette doublée et s'arrêta impeccablement. À ce moment-là, on entendit la porte du studio s'ouvrir et Noah, gris de poussière et le visage livide, entra précipitamment. Il murmura quelques mots rapides à l'oreille du professeur qui acquiesça sans hésiter, pâlissant à son tour. Elle appela la fille de David Grew et la poussa dans le couloir à la suite du stockman. Puis, revenant vers les autres élèves, elle articula d'une voix blanche :

— On continue. Le cours n'est pas encore terminé.

Les danseuses expédièrent en quelques minutes les déboulés et la révérence qui achevait les exercices et coururent au vestiaire. Noah attendait devant la porte, visiblement épuisé, tout autant physiquement que moralement.

Prisca se précipita à l'intérieur. Samantha était assise sur l'un des bancs et sanglotait dans son cache-cœur. Elle avait défait ses chaussons et enfilé son jean sur son justaucorps. Mais son sweat-shirt traînait sur le sol à côté de ses sandales, et à travers ses larmes, elle priait.

Eileen la regarda avec étonnement, en silence. C'était tellement impressionnant et émouvant…

Peggie s'agenouilla à côté de sa cousine et lui serra le bras, doucement, pour lui faire sentir qu'elle comprenait ses larmes. Prisca, horrifiée, s'était figée.

— *Pas lui, ooh non, pas lui, Seigneur... C'est trop bête, trop méchant ! Il était si confiant, si heureux ! Il l'aimait tellement... Oh, s'il te plaît, permets qu'il s'en sorte, s'il te plaît... Pas Mathieu, Seigneur, épargne-le, je t'en supplie !* sanglotait la jeune fille.

— Mais enfin ! s'écria Cynthia, qu'est-ce qui se passe, ici ?

Samantha leva la tête et essuya ses joues ruisselantes d'un revers de poignet.

— C'est Mathieu, hoqueta-t-elle, une chute de cheval... grave. Sands' l'a piétiné. C'est affreux ! Papa a dit qu'il fallait l'emmener à Adelaïde... dans son état !

— Quoi ? s'affola Eileen. Mon père dit toujours que ce sont que les cas extrêmes, là-bas !

— N'en rajoute pas, hein ? cria Peggie. Iris, pousse-toi ! C'que tu peux être gourde. Ton père n'est pas chez toi, Samy, c'est ça ?

— Ou... oui... balbutia la jeune fille.

— Bon, décida Prisca se ressaisissant, tu viens à la maison. Papa s'ra d'accord. M'man aussi.

— Okay, approuva Peggie. Ramasse tes affaires, Samy, on t'embarque.

— Et nous, alors, dans tout ça ? protesta Eileen. Fiona hocha la tête et attaqua aussitôt, selon son habitude :

— Z'êtes bien gentilles, les filles, mais votre Mathieu, ça fait trois mois qu'on en entend parler et ça nous regarde aussi, ses accidents !

— En quoi ? riposta Cynthia. Tu veux sans doute réconforter la pauvre éplorée ?

Samantha se retourna, furieuse.

— Tais-toi ! hurla-t-elle. Tu ne sais pas, tu ne sais rien ! Noah a parlé de plusieurs côtes démolies et d'une jambe... un truc affreux...

Elle s'arrêta, étouffée par l'horreur. Noah tapa contre la porte.

— Écoutez, dit-il d'un ton las à travers le battant, le truc n'est pas de savoir ce qu'il a, mais de prier pour lui parce que dès qu'il l'a vu, le docteur Grew l'a expédié dans une grande ville... Maintenant, Miss Samantha, venez.

— Attendez, Noah ! lança Peggie. Emmenez-la plutôt chez nous. Papa saura quoi faire, vous savez.

Samy s'essuya rageusement les yeux, sortit et claqua la porte. Les jumelles bondirent sur leurs sacs.

Bill ouvrit la baie vitrée et laissa passer ses filles. Celles-ci jetèrent leurs sacs et se précipitèrent vers leur mère assise sur le divan. Yaël serrait contre elle Samantha frissonnante et les deux jeunes danseuses se blottirent près d'elles.

— Quelle histoire terrible… commenta Yaël d'un ton douloureux. Après une telle confiance, une pareille trahison !

— Il fallait de toute façon le prévoir, dit son mari, s'asseyant dans un fauteuil en secouant la tête. On n'apprivoise pas un animal sauvage en trois mois, comme ça. C'était dangereux !

— On l'a vu, s'assombrit Prisca. Mais, p'pa, tu sais, n'est-ce pas, tu sais, toi, que Mathieu va s'en sortir ?

— Hein, m'man ? continua Peggie qui serrait doucement la main de Samantha.

— Écoutez, les filles, commença lentement Bill, pour l'instant on ne peut pas savoir. Le docteur Grew l'a envoyé à Adelaïde, Noah m'a donné un diagnostic provisoire.

— Oui, sanglota Samy, les côtes cassées, la jambe brisée et déchirée par les sabots. L'épaule… Ooh non !

— Quelle horreur ! Et quand je pense qu'il ne faisait que parler de son cheval. Bill, franchement, mais qu'est-ce qui a bien pu se passer ? se rebiffa Yaël.

— Et bien, voilà. Noah pense que Sands' Mystery est *dingo*…

— C'est à dire ?

— Quelque part il n'assimile pas de la même façon que les autres chevaux, la présence du feu… Par exemple, Yaël, quand Queen of Sheba voit la foudre tomber sur un buisson et le feu qui commence à se propager, que fait-elle ?

— Elle s'enfuit, bien sûr. Du moins elle essaie, répondit sa femme.

— Et bien Sands' Mystery réagit exactement dans le sens contraire.

— Mais, papa, fit Prisca réticente à cette explication, comment est-ce que tu expliques qu'il en soit arrivé là ?

— Oui, Bill, pourquoi un cheval réagirait-il brusquement dans le sens opposé à sa nature ? demanda Yaël. Samantha et Peggie levèrent un sourcil interrogateur.

— Je ne sais pas, murmura enfin le maître du Ranch Evens. "Voyez-vous, je ne comprends pas plus que vous cette réaction bizarre... un fou... Noah a raison... mais..."

— Mais ?

— Peut-être qu'après un choc, un traumatisme, je ne sais pas, moi, après n'importe quoi provoqué bien sûr par le feu... ça l'aurait rendu timbré et il se jetterait dans les flammes à cause de ça.

— Tu crois ? demanda Peggie, sceptique.

— En attendant, Mathieu est à l'hôpital et Oncle Heartley veut faire abattre Sands', reprit Samy sans réussir à retenir ses larmes.

— Écoutez, les filles, reprit Bill, on va prier et Dieu arrangera les choses bien mieux que nous ne saurions jamais le faire.

CHAPITRE 13

Les nuages versèrent de l'eau par torrents,
le tonnerre retentit dans les nues

Des trombes d'eau s'abattaient sur l'Australie. C'était une saison particulièrement pénible pour ceux qui la subissaient.

— Oh, John, s'il te plaît, arrête !

— Il essaie de nous rendre tous timbrés.

— Oliver. Oliver, pousse-toi.

— Attention, y'en a qui se rebellent à l'arrière...

— Tais-toi, affreux gamin !

Le fourgon se frayait un passage sous le crépitement agaçant des gouttes. John, qui était le plus âgé des adolescents, conduisait le véhicule dans lequel s'étaient entassés Wilfried, Peggie, Oliver, Prisca et Samantha. Ils allaient tenir compagnie à Heartley. En effet, les médecins d'Adelaïde avaient préféré garder Mathieu un peu plus longtemps que prévu, à cause de ses côtes qui se ressoudaient difficilement et des soins que demandaient les nombreuses fractures de sa jambe. Il avait également eu la clavicule cassée et des contusions sans gravité extrême, mais pénibles à vivre.

— Vous savez quoi... commença John.

— Non, mais je sens qu'on ne va pas tarder à l'apprendre, répondit Prisca.

— Espèce de… s'indigna le garçon.

— Oui ? fit mielleusement l'espiègle.

— Rien… Bon. Je préfère être à ma place qu'à celle de Mathieu, voyez-vous.

— C'est sûr, dit Wilfried. Avant-hier, quand King Solomon m'a désarçonné, j'ai bien cru que j'allais partir le rejoindre.

— Nooon ? ironisa Peggie. Est-ce que tu sais que King Solomon et Sands' Mystery n'ont pas exactement le même caractère ?

— Ne rigole pas, Peggie. Il m'a vraiment fait peur, reprit John.

— Vous ne voulez pas parler d'autre chose ? implora Samantha en rejetant en arrière ses longues boucles rousses.

— Okay, parlons du spectacle, les filles. Vous avez été géniales ! lança Oliver.

— C'est vrai ?

— Tu veux qu'on te sorte la vieille blague d'oncle Heartley ? Je ne fais pas de compliments pour les wallabies…

— Non, ça va ! Au fait, John…

— Et nous, alors ? protestèrent Wilfried et Oliver.

— Vous aussi, messieurs-les-jaloux… donc… Ah ! Je ne sais plus ce que je voulais dire… grogna Prisca.

— Tu parles trop, ma pauvre, la taquina sa sœur. Samantha se mit à rire et poussa Oliver qui occupait toute la place sur le siège.

John évita d'une embardée un côté embourbé de la piste et tous culbutèrent les uns sur les autres.

— Je sais ! cria Prisca au milieu des exclamations et des protestations provoquées par l'écart du fourgon. "Je sais ce que je voulais dire !"

— Ah ouais ? demandèrent les autres en se relevant et en se rasseyant tant bien que mal.

— Pour le spectacle, Ms. Teach avait choisi Cynthia, au début, pour faire Cendrillon, mais…

— On a vu Samy sur scène, objectèrent les garçons.

— Normal, expliqua Prisca, triomphante, puisque Cynthia s'est montrée tellement odieuse que Ann lui a retiré le rôle.

— Mais, protesta Samantha, est-ce que vous avez besoin de raconter ça à tout le monde ?

— On peut savoir pourquoi elle rougit ? demanda insidieusement Oliver.

— Parce qu'elle est meilleure que Cynthia, voilà pourquoi, dit Peggie.

— En tout cas, ta chorégraphie était drôlement bien, toi aussi.

— Hey ! Ça suffit avec vos compliments bidons.

— Elle vire au rouge, t'as tout gagné, Oliver, lança Wilfried.

John se mit à rire.

— On arrive, annonça-t-il. Vous en avez encore, des “comme ça” ? Oncle Heartley va sentir son moral remonter en flèche !

Il déchargea le fourgon de ses passagers devant la véranda et alla garer le véhicule dans la remise. Les adolescents l'attendirent sous l'auvent en se disputant, pour rire, au sujet de l'organisation de l'après-midi. Se protégeant de son blouson rabattu sur la tête, John les rejoignit et ils entrèrent en chahutant. Zoé sortit de la cuisine et leur adressa un immense sourire, un doigt sur les lèvres, avant d'ouvrir la porte du salon. Peggie, qui entrait la première, étouffa une exclamation de surprise. Les autres se bousculèrent derrière elle et eurent un “ooh” de stupéfaction. Mathieu était là, installé sur le divan, soutenu par les coussins, et il jouait aux dames avec son oncle.

Heartley leva les yeux et sourit aux jeunes immobiles. Samantha les écarta et courut vers la table, rayonnante, les larmes aux yeux. Le rancher l'arrêta d'un geste et indiqua du menton les bandages du garçon. Le groupe, confus, s'avança alors plus lentement.

— Enfin t'es revenu !

— Si tu savais comme tu nous as manqué !

— Alors, vieux frangin ?

— Tu te remets, Mathieu ?

Le garçon s'efforça de répondre en même temps à tout le monde.

— Oui, bien sûr, je suis là... Je suis content que vous ayez pensé à moi... c'est super sympa... ça va aller tout seul, maintenant, pas d'problème...

Ils riaient, s'asseyaient avec précaution autour de lui. Mais Samy, soudain, ne disait plus rien. Elle regardait le bras en écharpe, les béquilles... ce bandeau de gaze blanche qui barrait le front de Mathieu.

Tout seul... Qu'est-ce qu'il veut dire par là, Seigneur ? Est-ce de toi dont il parle ?

Elle fixa les prunelles brunes sous les cils sombres. L'éclat qui les rendait dorées avait disparu. Il semblait qu'aucune expression n'animait plus le visage pâli par l'accident.

Tout seul... Non... Il parle de Sands' Mystery, Seigneur, de son cheval. Si seulement... Oh, Seigneur, qu'est-ce qui se passera le jour où il apprendra qu'oncle Heartley a fait abattre Sands ?

Mathieu leva les yeux vers la jeune fille et lui sourit. John et Wilfried se firent un clin d'œil, Peggie et Prisca pouffèrent en coin, Oliver poussa Heartley du coude.

— Alors, Samy, comment s'est passé ce spectacle ?

— C'est... c'était bien, répondit-elle.

— Elle avait le rôle de Cendrillon, lança Prisca.

— Bravo ! Et les chorégraphies ? Vous n'avez pas trop eu le trac ?

— Mais non, dit Peggie avec une pointe d'ironie.

— À peine, la contredit Oliver. T'aurais dû les voir quand elles arrivaient sur scène... mortes de trouille – ou presque...

— Oh, Oliver. J'aurais voulu que tu sois à notre place ! protesta Samy.

— Pourquoi ça ? s'étonna le garçon en se calant un peu mieux dans ses coussins.

— Ne crois pas cet affreux jojo, surtout. prévint Prisca en riant. Samantha s'assit sur l'accoudoir du divan et observa le damier. Heartley sourit.

— Tu veux finir la partie ? demanda-t-il en se levant.

— Mais, je...

— Tu ne me prends pas ma place, ne t'inquiète pas, la rassura-t-il. Il se dirigea vers la porte.

— Je vous laisse, les jeunes, lança-t-il.

— À tout à l'heure ! répondit joyeusement la Tribu. Heartley revint sur ses pas.

— Au fait, il y a des agneaux nouveau-nés dans le hangar... si ça vous intéresse ?

— Okay, fit John en souriant. Qui vient avec moi en chercher un ?

— Moi, se dépêcha de dire Peggie sous la tempête de rires provoquée par sa précipitation. Samantha ramena son regard vers Mathieu. Il avait essayé de rire, mais ses côtes s'étaient douloureusement rappelées à son souvenir, et il grimaçait à présent.

Wilfried et Prisca suivaient des yeux, par la fenêtre, John et Peggie qui bravaient la pluie. Oliver fouillait dans le buffet à la recherche d'un jeu de société. Samy se pencha et prit silencieusement la main de Mathieu. Celui-ci se redressa vivement... et étouffa un gémissement. Il regarda la jeune fille et sourit.

Mais dans ses yeux ne s'était toujours pas rallumée l'étincelle des jours précédant l'accident.

Bill Evens rajusta son complet et se racla la gorge. Il ramassa sa Bible, les notes qu'il avait déposées à côté de lui pendant les chants et monta sur l'estrade. S'approchant de la chaire, il embrassa du regard toute l'église et eut un sourire affectueux.

— Lisons ensemble au Psaume 121, les versets un et deux, indiqua-t-il : *"Je lève les yeux vers les montagnes. D'où me viendra le secours ? Le secours me vient de l'Eternel qui a fait les cieux et la terre."* Amen. N'y a-t-il pas de belles montagnes autour de nous ? Par exemple les monts Musgrave... plus connus de certaines personnes, n'est-ce pas ?

Il fixait par-dessus les têtes le visage pensif de Mathieu. Les gens se retournaient un instant en souriant. L'allusion était évidente. Samy glissa sa main dans celle du garçon, et regarda d'un œil navré les béquilles appuyées au banc.

— Les montagnes représentent pour beaucoup de gens la solidité, la sécurité, continuait Bill d'une voix calme et douce. Voyez David, par exemple, ne s'est-il pas réfugié dans la montagne, lorsqu'il était poursuivi par Saül ? Mais il n'est pas le seul. Regardez l'histoire du monde. De tout temps des hommes proscrits par la société ont utilisé le refuge qu'offraient les monts.

Mathieu se rappelait les récits de son grand-père. Les résistants organisant la défense pendant la Seconde Guerre Mondiale... Oui, vraiment, les hauteurs étaient autant de cachettes qui paraissaient sûres.

— ...mais, même si la montagne présente un refuge au moment de la fuite, disait Bill, elle ne peut remplacer Dieu. Pourquoi ? Parce que si vous demandez à une montagne de vous apporter un secours véritable et *définitif*, elle ne pourra vous répondre. Mais le Créateur, lui, qui a fait cette montagne, qui a permis que vous y trouviez un refuge, lui peut vous aider.

Heartley frotta son front d'un air las. Il jeta un coup d'œil à son neveu.

Oh Mathieu, tu l'aimes, cette vie… tu resteras, oh ! promets-le moi… pensait-il en crispant convulsivement ses doigts sur son chapeau. Ulrich Calm remarqua cette agitation fiévreuse et pressa doucement l'épaule de son ami.

— David s'est certainement souvenu du *Chant des Pèlerinages* et il a prié pour que Dieu lui accorde la délivrance. Jésus a été crucifié sur le *mont* Golgotha, Il est la montagne vers laquelle nous devons tourner nos regards… Je suis sûr que beaucoup de personnes, ici, pourraient témoigner que Dieu a répondu à leurs prières lorsqu'elles étaient dans la détresse.

Oh, Seigneur, saignait le cœur de Mathieu, *pourquoi est-ce que tout est devenu si difficile alors même que les choses avaient l'air de s'éclaircir… Je voudrais tellement – aide-moi à garder confiance…*

Il ne voyait pas que Samantha et Yaël regardaient son visage sombre et crispé d'un air inquiet.

CHAPITRE 14

Ne crains point, crois seulement

Un délicieux fumet se répandait dans la cour du ranch des Fizz. D'ici un instant, selon Rachel, le repas allait être servi. Les adultes, à l'exception de Bill et David qui s'occupaient du barbecue, s'étaient déjà installés autour de la table et discutaient tranquillement. La Tribu circulait avec entrain de la véranda à la salle à manger.

Yaël apporta deux pots à eau et les disposa sur la nappe qu'elle lissa machinalement.

— Dis-moi, Matt, dit-elle avec hésitation, comment ça va en ce moment, avec Mathieu ?

— Eh bien... soupira Heartley, c'est-à-dire... j'ai l'impression qu'il... comment vous expliquer ?

— Il ne t'a pas pardonné d'avoir fait abattre Sands' Mystery ? suggéra Ulrich.

— Non, pas exactement. On dirait plutôt qu'il se croit coupable – je ne sais pas de quoi, mais...

Il lança un regard navré à son neveu qui enseignait, avec une insouciance momentanée, la *bataille corse* à un groupe attentif mais visiblement dérouté.

— Mais si ! répétait le garçon en abattant tranquillement ses cartes. Il suffit de comprendre quand est-ce qu'il faut taper sur le tas ! Sinon, tu payes deux pour la dame, quatre pour l'as...

— Eurêka ! cria Oliver en éclatant de rire. J'ai enfin compris ! C'est bien trois pour le roi ?

— Okay, confirma Mathieu, attends – à ton tour.

Il y eut un grand bruit lorsque toutes les assiettes firent un bond. Le neveu d'Heartley venait de taper sur la table.

— Qu'est-ce qui s'est passé ? fit Peggie, estomaquée.

— Il y avait deux valets, ronchonna Oliver. Cette fois j'ai *vraiment* compris.

— Eh bien pas moi – sans doute parce que j'ai faim, prétexta John en s'éclipsant en direction des cuisines.

Il en revint presque aussitôt, accompagné de Rachel, Ketzia et Zoé qui portaient chacune un saladier plein à ras bord. Cynthia sortit de sa chambre et s'appuya d'un air dédaigneux à la porte-fenêtre.

— Voilà les fruits de mer ! clamèrent triomphalement les cuisinières.

Bill et David abandonnèrent leurs pincettes et arrivèrent pour s'asseoir avec les autres, les vêtements imprégnés d'une délicieuse odeur de saucisses et d'oignons grillés. Rachel fronça discrètement les sourcils et Cynthia, traînant les pieds, rejoignit la table.

— Tu veux rendre grâce, Ulrich ? demanda Mrs Fizz.

Le vieux rancher acquiesça, baissa la tête et ferma les yeux. Tout le monde l'imita.

— Merci, Père Céleste, pour cette merveilleuse journée de Noël où tu nous rassembles encore une fois pour célébrer la naissance de ton Fils Jésus. Merci parce que tu veux être au milieu de nous pendant ce moment de joie. Nous te demandons de bénir ces aliments que tu as placés sur notre table. Merci pour tout ce que tu nous donnes. Loué soit ton nom, Éternel. Amen.

— Amen, fit l'écho de toute la tablée dans le silence.

— Bon, avertit Lilith d'une voix joyeuse, si vous voulez avoir quelque chose à manger, faites passer vos assiettes !

Un brouhaha chaleureux s'installa tandis que les conversations reprenaient avec entrain. À travers la table, Bill fit un clin d'œil à son épouse et se leva à son tour.

— Chère et vénérable assemblée, lança-t-il au milieu des éclats de rire, et vous aussi, les jeunes : écoutez-moi bien ! Yaël, Peggie, Prisca et moi avons une grande nouvelle à vous annoncer.

Le silence s'établit, plus ou moins. Les jumelles Evens regardèrent leur père d'un air étonné. Bill sourit largement.

— Eh oui, poursuivit-il, il se trouve que personne, mis à part ma chère femme, ne le savait jusqu'à aujourd'hui.

Yaël se leva sur l'invitation de son mari et vint se placer derrière ses filles qu'elle entoura avec tendresse de ses bras. Bill attendit un instant encore pour révéler son secret.

— Nous allons avoir un bébé ! annonça-t-il enfin, les yeux pétillants de joie.

Ulrich lança le signal des applaudissements tandis que les jumelles se jetaient au cou de leur mère, stupéfaites mais ravies.

— Oh maman, cela faisait longtemps que tu le voulais, n'est-ce pas ? dit Prisca, cajoleuse.

— Super, on va enfin pouvoir dire : j'ai une petite sœur ! Hein maman ? câlinait Peggie.

— Hey ! objecta Yaël en leur rendant leurs caresses, et si c'était un petit frère ?

— C'est égal... du moment que tu as un bébé, s'écrièrent en chœur les jumelles en étouffant leur mère de baisers.

Une larme brilla au coin de l'œil de Cynthia. Elle l'essuya promptement en prenant sa serviette, tandis que Bill se rasseyait sous les félicitations des adultes et que Yaël regagnait sa place.

Les fourchettes commencèrent leur joyeux tintamarre dans le brouhaha des questions qui fusaient. Quelqu'un fredonnait la chanson des kangourous blancs. La "tribu" s'amusait à deviner les cadeaux reçus le matin et faisait des mystères sur ceux entassés sous le sapin de plastique. Sous la véranda, Ketzia racontait que Gipsy avait englouti la bière et les biscuits officiellement destinés au Père Noël.

Au bout de la table, Mathieu rêvait tristement et Cynthia, l'air sombre, croquait des "yabbies".

Heartley prit dans ses bras un agneau au bêlement plaintif et le marqua, à l'aide d'un pochoir à grands chiffres, d'un numéro qui permettrait de retrouver sa mère au moment voulu.

Noah relâcha la brebis et son petit dans la bergerie puis il se tourna vers Heartley en essuyant ses paumes sur sa salopette. Le rancher posa son regard métallique sur le stockman et soupira.

— Je regrette de t'avoir demandé d'abattre Sands' Mystery, tu sais... dit-il d'un ton las. Noah le regarda avec un peu d'étonnement.

— Mais ce cheval était fou ! Vous l'avez dit vous-même, patron... que vous ne vouliez plus le voir à votre retour.

— Je sais, Noah, répéta la voix accablée d'Heartley. Mais tu vois, maintenant, que faut-il faire, que faut-il dire ? Regarde-le, Noah, regarde-le tous les jours ! Il ne vit pas. Il survit.

— Mais, patron...

— Écoute-moi, Noah. Ce cheval, c'était un but, pour lui. Un moyen d'oublier, de s'identifier à l'Australie. Si tu savais... Il en parlait à tout le monde, son cheval passait même avant la petite...

— Samantha Grew ? La fille du docteur ?

— Ouais. Elle est patiente, vois-tu. Elle l'écoutait, elle montait à cheval avec lui, elle était là tout le temps.

— Et maintenant ?

— On dirait qu'il s'enferme dans la solitude. Il ne parle jamais de rien, il rêve la plupart du temps. Il ne mange pratiquement pas. Il ne sourit qu'à Samy, et encore...

Heartley étouffa un autre soupir et son visage se plissa douloureusement. Il releva la tête enfin, et fixa Noah droit dans les yeux :

— La seule chose qu'il fait encore, c'est prier. Tout le temps. Chaque fois qu'il est seul ou qu'on ne lui parle pas.

— Vraiment ?

— Oui. Il prie dans sa chambre, dans le salon, à table... il rêve et il prie.

— Mais qu'est-ce qu'il demande, à votre avis ?

— Je ne sais pas... un miracle. Comme je regrette ! Si seulement je n'avais pas donné l'ordre.

Il enleva son chapeau et le jeta par terre dans un geste de rage. Le remords lui mordait cruellement le cœur. Il attrapa un autre agneau et vérifia le numéro sur sa liste. Noah se gratta la tête avec perplexité.

Heartley reposa l'agneau et se redressa.

— Tu vois, reprit-il, j'avais pensé qu'en revoyant la tribu il reprendrait un peu du poil de la bête, comme on dit, mais il n'a pas eu de véritable réaction positive. La petite se désole, elle me l'a confié, à Noël.

Noah considéra son maître d'un air ennuyé.

— Patron... commença-t-il timidement, ne vous fâchez pas... J'ai un truc à vous dire... Voilà... eh ben...

— Ouais ? fit Heartley, agacé par cet embarras.

— Euh... eh bien... c'est... c'est le jour où vous êtes parti... je devais... tuer l'étalon, vous savez... à cause du...

— Ouais, et alors ? Qu'est-ce que tu racontes ? Tu en mets, du temps !

— Je... Voilà. Je... je n'ai pas pu.

Son patron écarquilla les yeux.

— Tu... Répète...

— Je devais l'abattre mais je... j'ai pensé au gamin et puis... il n'avait plus du tout l'air dingue. Alors je ne l'ai pas tué.

— Et tu... l'as caché où ?

— Nulle part. J'ai tiré en l'air pour que vous fassiez démarrer la jeep. Je savais que vous guettiez le coup de feu. Ça lui a fait peur et il s'est enfui.

Heartley fronça les sourcils. Noah tortillait le bord de son chapeau sans le regarder.

— Tu avais laissé la barrière ouverte alors que tu devais l'abattre ?

— Non. Il a sauté les palissades du corral.

— Impossible.

— Navré de devoir vous contredire, patron.

— Écoute, il faut absolument que ce cheval fasse la course de Kingoonya ! On aura deux mois pour l'entraîner – il est meilleur que Stainless.

— Euh... patron ? Qui monterait la bête – en admettant qu'on la retrouve ?

— Tu as raison. Bon. En attendant, pas un mot de tout ça à Mathieu. Il faut qu'il en parle tout seul.

— Okay. Merci, patron, dit Noah. Les deux hommes se regardèrent et se félicitèrent du regard. Puis ils eurent la même pensée et levèrent les yeux, reconnaissant que tout n'était pas dirigé par eux, mais par Celui qui a tout créé.

CHAPITRE 15

On était rempli de stupeur de ce qui était arrivé

Heartley posa un regard partagé, inquiet mais amusé, sur son neveu.

— T'es sûr que ce n'est pas imprudent ?

Mathieu se retourna et sourit à son oncle. Samantha courut vers le rancher.

— Oh, chuchota-t-elle, laissez-le faire, s'il vous plaît. On dirait qu'il est redevenu comme avant !

— D'accord, céda Heartley. Mais je continue à penser que jouer au tennis quand on est convalescent n'est pas vraiment le top.

— Mais si ! lança le garçon en s'approchant. Il boitait à peine et son bras bougeait comme avant. La jeune fille lui adressa son plus beau sourire. Elle avait abandonné ses jeans des jours de pluie et arborait un T-shirt vert pomme, une jupe à rayures rouges et des espadrilles à longs rubans jaunes.

Le vieil homme sourit :

— T'as pas l'impression que les gens te remarquent ? questionna-t-il, moqueur.

— Non... pas du tout ! dit ironiquement la jeune fille. Elle lança sa raquette en l'air et la rattrapa avec un éclat de rire insouciant.

— Bon, reprit le rancher en redevenant sérieux, sans pour autant perdre l'étincelle de malice qui brillait dans ses yeux bleus d'acier. "Je vous rappelle que demain commence la tonte, la vraie."

— Oooh non ! gémit Samantha.

— Oooh si ! la singea Heartley. Voyons, petite, ce n'est qu'un grand amusement…

— Un grand amusement ! répéta Samy, indignée. Écoute-le bien, Mathieu, écoute-le bien parce que demain... Ça s'ra pas la même chanson.

Elle prit le chapeau d'Heartley, se l'enfonça jusqu'aux oreilles, retroussa des manches imaginaires et, feignant de porter des bottes immenses, se mit à arpenter le court de tennis d'un air excédé, lançant de temps à autre un mouton invisible en l'air, en invectivant d'inexistants tondeurs "incapables de faire leur boulot correctement".

Mathieu se jucha sur la balustrade rouillée qui entourait le terrain en se pliant en deux de rire.

— Mais c'est tonton tout craché ! lança-t-il entre deux hoquets irrépressibles. Samy accentua encore la caricature sous le regard mi-figue mi-raisin d'Heartley. À ce moment-là, Noah surgit à l'angle du bâtiment. Il s'arrêta devant cette parodie évidente. Il mit sa main en visière et s'exclama, du ton le plus dénué de moquerie possible :

— Pas croyable ! On dirait le patron les jours de tonte.

Heartley se retourna *illico* et foudroya l'aborigène du regard. Noah prit aussitôt un air piteux et se mit au garde-à-vous.

— M'sieur Evens vous fait dire que la moitié des tondeurs sont arrivés et que son cuistot se joindra à nous demain, patron ! claironna-t-il.

Il disparut derrière la véranda aussi vite qu'il le put et Heartley, récupérant au passage son chapeau ridiculisé, le suivit.

Mathieu posa sa raquette contre la barrière et en descendit avec une grimace. Il n'était pas encore tout à fait remis. Samy lui sourit et rejeta sa natte effilochée par l'effort.

— Alors, qu'en dis-tu ? demanda-t-elle en pouffant.

— Génial, ton imitation, apprécia le garçon. Je propose qu'on fiche le camp au plus vite. Sinon, bonjour le cauchemar demain.

— Noon ? dit la jeune fille avec ironie, on dirait que t'as peur soudain, sans raison…

— Sans raison ? Mon œil ! À part ça, je ne rigolais pas. Tu voudrais pas qu'on se fasse une virée, une fois, tous ensemble ? Je veux dire – après la tonte, évidemment.

— Mais... tu reviens de loin, Mathieu, dit Samantha avec hésitation.

— Adelaïde ? Même pas une heure en avion. Tu ne réponds pas ?

— Et bien... Écoute... Okay, dit-elle fermement. On décidera les parents et ça s'ra marrant. Par contre, on irait où ?

— Près du lac, d'accord ? Dans l'*Great*, de toute manière.

— Ouais. Bon – quand est-ce qu'on commence à prévenir les autres ?

— Tout de suite ! Tu viens ?

Ils s'élancèrent vers les bâtiments en se tenant par la main, heureux de vivre, heureux de grandir, heureux...

La chapelle d'Oodnadatta se vidait lentement de son flot endimanché. Heartley passa un bras autour des épaules de son neveu et lui sourit affectueusement. Zoé s'affairait derrière eux, auprès de ses amies, partageant indirectement le bonheur qui rapprochait le rancher du garçon. Samantha et son père bavardaient avec animation. Peggie et

John semblaient plongés dans une conversation très personnelle. Prisca, Wilfried et Oliver plaisantaient et riaient devant le fourgon des Grew.

Bill tapota l'épaule d'Ulrich, qui avait officié ce jour-là, et se dirigea vers son meilleur ami.

— J'ai toujours déploré le fait que nous n'ayons pas de chorale. Surtout quand c'est toi qui fais chanter, lui lança Heartley en éclatant de rire.

— Noon ? Vraiment ? fit le rancher en lançant une bourrade au vieux stockman.

— T'as pas l'impression de déprécier les gens, Matt ? insinua-t-il.

— À peine ! appuya Mathieu en coulant un regard malicieux en direction de son oncle. Mais il était toujours aussi mince et pâle, et ses yeux cernés ne brillaient pas sincèrement. Il essayait d'être joyeux, mais son rire trahissait la sourde déception qu'avait produit l'annonce de la fuite de Sands' Mystery devant une mort certaine.

Samantha lâcha le bras de son père et courut vers le garçon.

— Il est d'ac ! cria-t-elle avec enthousiasme.

Bill et Heartley se regardèrent, interloqués.

— C'est-à-dire ? demandèrent-ils simultanément en se tournant vers Samy.

— La balade, le truc pour lequel on se disputait ce matin, fit Mathieu d'un air résigné.

— Ça ! se récria Heartley. Mais ça fait au moins vingt fois que je t'explique qu'en pleine tonte je...

— Et moi, ça fait des heures que je parle dans le vide en disant que c'est *après* ! s'indigna son neveu d'un air outré.

Bill éclata de rire.

— Vous emmenez les jumelles ? Enfin, je suppose ? Je suis d'accord, à condition que ça ne dure pas plus de trois ou quatre jours et que vous nous promettiez de ne pas faire les imbéciles. Ça te paraît correct, tonton Heartley ?

— Ben ouais. Que veux-tu que je te réponde ? Tout le monde est contre moi ! se plaignit le rancher, vaincu.

Samantha tapa dans les paumes de Mathieu, enchantée :

— Quatre jours ! répéta-t-elle, euphorique. Quatre ! Tu te rends compte ? C'est génial !

— Trois ! Trois, pas plus, rectifia le docteur en accourant.

— Oh, papa ! fit Samy, dépitée.

— C'est suffisant, approuva Yaël en s'approchant à son tour. Allons, la Tribu ne va pas se plaindre, tout de même ?

— Mais non, la rassura John, qui écoutait la conversation depuis un moment.

Il fit signe de venir à son frère qui accourut avec Prisca et Oliver.

— On va avoir à convaincre p'pa et cette inquiète de Mum de nous laisser partir dans la savane tout seuls, comme des grands, lança l'aîné des Calm.

— Nooon ? Mais c'est quasiment impossible, John, voyons, se récria Wilfried. Et maintenant que tu m'en as parlé, j'vais pas arrêter d'y penser !

— À quoi ? demanda Ulrich Calm, surgissant tout à coup de derrière le fourgon des Grew, ayant apparemment entendu toute la conversation. Il fit un clin d'œil à sa femme et à Rachel Fizz qui arrivaient à leur tour.

— Je donne mon accord pour votre sortie dans *Great Victoria Desert*, John et Wilfried. Et il me semble que Rachel est okay pour toi, Oliver.

— Et Cynthia ? s'enquit Mrs. Fizz.

Les adolescents se turent et s'entre-regardèrent, ennuyés et perplexes. Ils auraient aimé que tout fut encore comme "avant", quand Cynthia ne s'écartait pas d'eux, ne se sentant pas à sa place parmi leurs éclats de rire francs et heureux. Mais, en même temps, ils n'arrivaient pas à lui pardonner sa jalousie mesquine vis-à-vis de Samantha.

Mathieu se percha sur le capot de la Jeep. Il massa doucement sa jambe convalescente, puis fourragea selon son habitude dans sa tignasse blonde.

Heartley secoua ses épaules comme s'il voulait se débarrasser de la charge posée par la question.

— Et si vous l'emmeniez ? suggéra-t-il.

— Il a raison, approuva Yaël. Faites un essai, pourquoi pas ?

— Maman ! protesta Peggie qui ne parvint pas à aller plus loin. Cynthia et Eileen arrivaient vers le groupe, bras dessus-dessous.

À ce moment-là on entendit un grondement du côté de l'entrée de la ville. Un énorme van contourna l'angle de l'avenue principale… que traversaient les deux jeunes filles plongées dans leur discussion. Oliver se précipita vers sa sœur et la tira, ainsi qu'Eileen, sur le trottoir. Le van passa *in extremis*, plus bruyant que jamais. Il alla s'arrêter au bout de la place, près des abreuvoirs.

Heartley considéra quelques instants le nom et la devise qui s'étalaient le long des parois du véhicule :

"Besban Dauverney - BETTER THAN BETTER"

Rachel fixa d'un œil interrogateur le vieux rancher.

— C'est le meilleur éleveur de la *South Australia*, marmonna-t-il. Ses chevaux sont des champions. Il engagera certainement l'un d'eux, le gagnant, dans la course de Kingoonya. Je…

— Ce matin, à l'*heure galah*, interrompit Yaël, Violet Dauverney me disait qu'il avait retrouvé l'une de ses meilleures bêtes d'obstacle…

Comment s'appelle-t-il, déjà ? Ah, oui : *Piece of Eight* !

— Quel drôle de nom ! s'étonna Lilith.

— Il paraît qu'il l'a appelé ainsi à cause d'une marque en forme de huit qu'il avait à l'intérieur de l'oreille droite, je crois.

— Et parce qu'il avait huit étalons en tout, avec lui, enchaîna Ulrich.

Il regarda Heartley d'un air engageant, comme s'il voulait que le vieux stockman termine la description du champion de Besban Dauverney.

Le rancher obtempéra :

— Également à cause de ses origines douteuses, à moitié sauvages. Un pirate du désert. Dauverney m'a raconté, une fois, qu'il l'a trouvé près de son ranch quand c'était un poulain à peine sevré.

— Il l'a dressé, mais juste après sa première course l'animal s'est échappé et il vient de le retrouver, il n'y a pas si longtemps. Il paraît que cet étalon est bizarre...

Bill s'arrêta et reprit son souffle.

— C'est sans doute à cause de l'incendie du ranch de Dauverney, continua-t-il, concentré, quand le poulain Piece of Eight n'était qu'un yearling. Il avait été pris au piège, je crois, dans la grange.

— Mathieu ! coupa Yaël d'un ton angoissé. Qu'est-ce que tu as ? Tu es tout pâle, mon grand !

Heartley se retourna, inquiet, et soudain la vérité lui apparut clairement, cruelle et terrible comme elle devait l'être pour son neveu. Sands' Mystery était certainement le fameux Piece of Eight, champion de courses d'obstacles, à moitié sauvage... et étiqueté *dingo*, par-dessus tout.

Mais le garçon semblait ne pas entendre ce que chacun essayait de lui dire. Il fixait d'un air désespéré le bout de la place... un point invisible.

Samantha suivit son regard et poussa un cri. Tout le monde se retourna en sursautant. À côté du van de Besban Dauverney gesticulait un petit homme trapu aux jambes fortement arquées. Et, dans la prairie dorée par la chaleur brûlante et trouble, galopait, en fuite, un immense étalon bai aux crins noirs avec une balzane blanche et la magnificence d'un roi.

En fuite... Piece of Eight comme Sands' Mystery, l'étalon dompté comme l'étalon sauvage.

CHAPITRE 16

L'Éternel est près de ceux qui ont le cœur brisé

Yaël montait rarement à cheval. Lorsque cela lui arrivait, à peu près six fois l'an, elle s'équipait, selon Bill, de la même façon qu'une élégante amazone de concours. Peggie et Prisca préféraient chevaucher en jeans, bottes et T-shirt, leurs nattes rousses dansant entre leurs épaules. Bill ressemblait plus à Noah qu'à un cow-boy américain, malgré sa chemise rouge à carreaux blancs, ses chaps délavées et ses bottillons poussiéreux aux courts éperons. Mais, tout différents qu'ils soient lorsqu'ils montaient à cheval, les Evens s'assortissaient à leur manière, pensaient les stockmen d'Heartley, occupés à la tonte, qui les virent arriver à travers les parcs, ce lundi-là.

Le vieux rancher s'avança vers eux en souriant. Il aida Yaël à descendre de Queen Sheba et indiqua aux deux jeunes filles le bâtiment familial devant lequel Zoé suspendait son linge fraîchement lavé. Bill noua les rênes de son cheval à un anneau du mur du hangar et passa un bras autour des épaules de son meilleur ami.

— Alors, Matt, comment marche la tonte ?

— Impec, Bill. C'est parfait – ou presque ! Ce sera fini d'ici ce soir...

entre le sixième et le septième repas.

— Dans les délais, quoi. Je suis bien content qu'il ne faille pas autant de temps pour les miens.

— Normal, t'en as vendu pratiquement la moitié ! Je te l'avais bien dit...

— Oh, ça a bien marché quand même, tu sais. J'espère que mon cuisinier ne te manque pas ?

— Non, ça va. Zoé se débrouille très bien seule.

— Et Mathieu ? Où est-il ? Te connaissant, j'aurais pensé que tu l'avais joint aux autres...

— C'est ce que j'ai fait, Bill. Au thé de 15 heures il était pâle comme lorsqu'il est revenu de l'hôpital.

— Je pige... Il valait mieux le laisser à la maison.

— Bill, il a voulu continuer. Tout à l'heure, j'ai cru qu'il allait tomber dans les pommes. Noah l'a ramené près de Zoé. C'est un sacré gaillard, en tout cas.

— Je sais, Matt, je sais. T'as au moins dû me le dire cent fois depuis le début de la tonte.

— Il ne va pas bien, Bill. Même depuis qu'il sait que Sands' Mystery n'est pas mort, abattu par volonté ou par erreur.

— Faudrait dire Piece of Eight...

— C'est la même chose, Bill. Besban m'a expliqué, au fait.

— Vrai ? J'avais compris que les deux étalons ne faisaient qu'un, mais est-ce que Dauverney savait que c'était le fils de Setting Sun Thief et de ta Stainless ?

— En quelque sorte oui, répondit Heartley après un instant de réflexion. "En fait, il a trouvé le poulain quand ma jument l'a sevré."

— Okay. Donc il l'a vue avec lui.

— Ouais. Comprendre que c'était le fils de Setting Sun Thief, alors qu'il n'y avait qu'un étalon de ce genre dans le coin, ça n'a pas dû être difficile !

— Non, c'est sûr. Et ensuite ?

— Il a débourré le poulain comme tu le sais aussi et il y a eu cet incendie.

— Du côté du Mont Woodroffe, entre le Mont Olga et Alice Springs.

— Mouais. Le ranch a été sauvé grâce au lac *Amadeus.*

— Okay, okay. Et puis ?

— Ben, c'est après que Sands' Mystery est devenu fou. Tu me suis ? Bon. Il y a eu un autre feu de prairie, plus petit. Il s'est jeté dedans et Besban a décidé de l'abattre.

— Mais ce que je ne comprends pas, Matt, c'est pourquoi il ne t'a pas prévenu qu'il avait vu Stainless Idyll – tout le monde la connaît depuis la course de Kingoonya, il y a quatre ans.

— Non, Bill. Lui n'a pas assisté à la course. Il n'avait jamais vu ma Stainless. Il était en Europe au moment du triomphe.

— Je pige, Matt. Donc il a voulu abattre Sands' Mystery. Pourquoi, alors, ce cheval complètement malade a pu désarçonner ton neveu, il y a presque six mois ?

— Parce que son Piece of Eight s'est sauvé, comme il a fait le coup à Noah !

— Sans blague ?

— Sans blague, Bill. Et maintenant il rôde dans les Monts Musgrave comme son père. Ça me rend malade, toute cette histoire, Bill. Et dire que Mathieu regrette cet animal... plus que d'avoir eu son accident.

— Je le comprends, dit doucement son ami. Et je te comprends aussi, Matt. Vous avez vos raisons, chacun. Mais c'est Dieu qui détient la solution... heureusement ! ajouta-t-il en riant.

Heartley se détendit et sourit à son meilleur ami.

Yaël fit signe de sortir à ses filles par l'entrebâillement de la porte du salon. Peggie et Prisca, un peu interloquées, obtempérèrent tandis que Zoé se glissait à l'intérieur de la pièce.

Mathieu était assis dans l'un des fauteuils en osier qui entouraient le divan et le rocking-chair réservé au maître de *Silver Horse Ranch.*

La brave gouvernante s'approcha du garçon et s'assit silencieusement sur le bord du divan.

— N'aie pas cet air tristounet, Mathieu, murmura-t-elle en français.

Le neveu d'Heartley sursauta et la fixa, muet de stupeur.

— Qu'est-ce que vous avez dit ? souffla-t-il en crispant ses mains sur les accoudoirs. Zoé le regarda avec un sourire très doux.

— J'ai dit, commença-t-elle en anglais, que vous aviez l'air triste, Mathieu.

Et elle ajouta, en français à nouveau :

— J'aimais beaucoup ta maman...

— C'est vrai ? demanda le garçon. Il se rendit aussitôt compte de l'absurdité de sa question et l'onde d'un sourire passa dans ses yeux brun doré.

— Vous la connaissiez ?

— J'étais sa gouvernante lorsque nous habitions Brighton, avant son mariage avec monsieur Mens... ton père. Il voyageait pour affaires avec le patron – qui parle l'anglais comme un autochtone, puisque son père était natif de Southend, en Angleterre, aussi.

— Zoé... vous étiez là, quand ils se sont disputés... à cause... à cause de... à cause de ma... de...

Il la regarda d'un air suppliant. La brave femme s'émut en voyant qu'aux cils sombres tremblaient deux larmes.

— Parce qu'ils aimaient tous les deux ta maman ? Oui, j'étais là. Toujours là.

Elle caressa la joue du garçon, tendrement. Sa main sentait la chantilly, elle avait la douceur des peaux longuement enduites de crème. Mais ses doigts se bosselaient à cause des travaux, de l'usure.

— Pourquoi êtes-vous partie avec oncle Matthew en Australie ?

— C'est ton père qui m'a mise à la porte... à ta naissance. Je n'ai même pas su comment tu t'appellerais.

Avec le temps, l'amertume qui gonflait autrefois sa voix s'était atténuée, puis éteinte. Mathieu prit la main de Zoé et la pressa contre sa joue. La gouvernante sentit une larme rouler sur ses doigts.

— Ne pleure pas, murmura-t-elle tendrement. Elle caressa les cheveux bouclés du garçon.

— Ta maman avait de longs cheveux blonds. Ils dansaient sur ses épaules, toujours dénoués. C'était une enfant, une jeune fille. Pour moi, elle n'a jamais vieilli.

— Pour moi non plus, chuchota Mathieu en essuyant ses joues. Zoé tapota les coussins du divan, à côté d'elle.

— Viens t'asseoir, dit-elle en souriant.

Le garçon s'exécuta, docile. La gouvernante l'entoura de son bras et le berça doucement.

— Tu vois, murmura-t-elle, apaisante, les choses qui sont passées sont passées. Mais il ne faut pas les oublier, Mathieu, jamais. Sauf les mauvaises, à moins qu'elles ne servent de leçon.

— Maman disait ça aussi.

— Elle avait raison. Si ton père n'a pas voulu que je reste, à ta naissance, il avait sans doute ses raisons. Je ne sais pas pourquoi. Je ne sais pas non plus ce que ma Natalye chérie a dit à ce propos...

— Elle n'en parlait presque jamais. Elle disait juste que papa lui avait enlevé son bras droit.

— C'était un amour de fillette. Une jeune fille adorable... une mariée si jolie. Je ne l'ai pas vue en tant que mère.

— C'était la meilleure de toutes, Zoé, la meilleure des mamans !

— Calme-toi... calme-toi.

Elle le berça jusqu'à ce qu'il ne frémisse plus d'une colère mêlée de sanglots.

— Après, continua-t-elle doucement, je suis partie en Australie parce que votre oncle m'y avait promis une place quand il a quitté la France. Il prétendait à ce moment-là, que je ne ferais pas long feu près de Thomas Mens, son frère. Et il avait raison.

— Elle étouffa un soupir. Dehors, les voix bruyantes des stockmen se rapprochaient.

— Voilà les hommes qui arrivent pour leur sixième repas, dit-elle avec satisfaction. J'ai l'impression qu'ils ont fini et qu'ils vont engloutir, jusqu'à la dernière miette, le repas pantagruélique qu'on leur a préparé.

On frappa un coup discret à la porte. Yaël passa la tête dans l'entrebâillement et sourit au garçon qui se mit à rire. La jeune femme avait de la farine sur le front et ses boucles d'ordinaire soigneusement peignées, s'ébouriffaient joyeusement. Peggie et Prisca pointèrent également leurs nez espiègles tartinés de chocolat. Zoé se leva en riant et les rejoignit. Mathieu se pelotonna plus confortablement sur le divan.

C'est toi qui diriges tout, Seigneur, d'accord... mais s'il te plaît... je voudrais comprendre... pourquoi mon père était-il si... dur ? Tu pouvais le sauver... et il est mort ! Aide-moi à garder confiance...

Zoé s'arrêta sur le seuil et se retourna pour faire un clin d'œil au garçon.

CHAPITRE 17

Le feu se premenait sur la terre

John se leva en titubant encore de sommeil. Il se massa les joues et s'approcha du feu soigneusement protégé par les pierres et le creux de terre indispensable. Les braises rougeoyaient à peine. Le garçon les ranima et chercha une casserole dans son sac à dos.

Le ciel était bleuâtre, comme mal réveillé, et s'étendait au-dessus des Monts Musgrave et de la prairie jaunâtre semée d'arbustes.

Oliver émergea à son tour de son sac de couchage et se frotta les yeux. L'air était délicieusement frais. Il devait être encore tôt. Wilfried bondit hors de ses couvertures et les secoua avec précipitation. John se mit à rire.

— T'inquiète pas, fit-il, amusé. Y'a pas de termites près du campement !

Son frère le foudroya du regard et vint s'asseoir à côté de lui. Le duvet de Mathieu était plat et froid. Le garçon s'était levé avant leur aîné et il scrutait depuis un long moment déjà, les monts rouges qui piégeaient *son* étalon.

Les filles, traînant leurs affaires en bâillant, arrivèrent à leur tour.

John retira la casserole de lait du feu et la posa sur une pierre.

— À table, la Tribu ! claironna-t-il.

Oliver faisait griller le bacon au bout d'une fourchette. Wilfried distribua des petites assiettes en papier et lança les gobelets à leurs propriétaires respectifs. Samantha rejoignit Mathieu et lui donna une légère tape sur l'épaule.

— Tu viens ? demanda-t-elle en souriant.

Le garçon, désappointé, regarda ses jumelles et soupira.

— J'arrive, Samy, répondit-il enfin.

Cynthia jeta vers eux un coup d'œil qui n'avait rien d'affectueux. Son frère fronça les sourcils. Il redoutait une réflexion acide de la jeune fille.

Peggie termina la natte de Prisca et noua l'élastique. Puis elle tendit son gobelet à John qui servait le lait. Oliver distribua à chacun une tranche de bacon. Prisca plongea la main dans son sac et en retira un paquet de biscuits. Mathieu et Samantha vinrent s'asseoir à côté de Wilfried qui avait enfoui sa tête dans ses bras repliés sur ses genoux relevés.

Le neveu d'Heartley eut un sourire amusé. Il prit une poignée de terre friable et la glissa dans le col du garçon. Samy pouffa dans son sweat-shirt. John retint un éclat de rire et tendit à son frère le paquet de biscuits.

— C'est pas pour dire, Wilfried, ajouta-t-il hilare, mais on dirait que t'es assis sur un nid de termites !

Son frère bondit aussitôt sur ses pieds, horrifié. Il sentit la terre glisser le long de son dos et se contorsionna frénétiquement pour s'en débarrasser, sous les éclats de rire des autres.

Oliver eut enfin pitié du garçon et le mit au parfum. Wilfried se rassit enfin, d'assez mauvaise grâce... en examinant le sol avec attention.

— Y'a rien, j't'assure ! fit Oliver.

— Voyons, Will, ce n'était qu'une blague, ajouta son frère.

Il racla le bord de la casserole de lait.

— Ça a accroché, se moqua Peggie. “Franchement, les gars, vous n'êtes pas des champions en cuisine…”

— Parle pour toi ! protesta John. Combien de gâteaux t'as fait brûler, déjà ? Dix, c'est ça ?

— Neuf. La dixième fois c'était un poulet, rectifia Prisca.

Samantha lécha ses doigts avec application, sous le regard amusé de Mathieu qui lui proposa son propre bacon. Cynthia ne put retenir une réflexion.

Les rires se turent aussitôt. Oliver foudroya sa sœur du regard et se leva d'un bond.

— Cynthia ! Calme-toi, d'accord ? On t'a pris avec nous à cause des parents, alors ferme-la quand ça te démange. Okay ?

La jeune fille se leva, raide d'orgueil et de dépit, et sortit du cercle des adolescents d'un air hautain. Samantha la regarda partir, encore un peu ahurie par la tournure des événements, puis elle se tourna vers Oliver qui se rasseyait.

— Tu n'aurais pas dû lui parler comme ça, dit-elle enfin. Ça lui a fait de la peine, je crois.

— Enfin, Samy ! se récria Prisca. Tu rêves ou quoi ? Elle ne peut pas te blairer et toi – toi tu la défends ! Mais à quoi tu penses ?

— Elle a raison, ajouta John.

Tous le regardèrent, incrédules.

— Nous sommes loin d'être sympa avec Cynthia, reprit-il. Peut-être, après tout, qu'elle regrette d'avoir fait punir Samy.

— N'importe quoi ! trancha Oliver.

Prisca lui sauta au cou :

— Enfin ! cria-t-elle. Voilà quelqu'un qui est d'accord avec moi.

— Il a dit ça juste pour que tu te jettes dans ses bras, protesta Wilfried, indigné.

Tout le monde éclata de rire. John se leva à son tour et commença à ramasser la vaisselle qui traînait autour du foyer.

— Si vous vous faisiez bronzer, aussi ? suggéra-t-il en voyant que les autres, une pointe de malice dans le regard, le laissaient faire.

Oliver prit les choses en mains.

— Les filles font la vaisselle, nous on s'occupe du feu, proposa-t-il. Tout le monde est d'accord ?

— Pas de problème, répondirent-ils en chœur.

Heartley resserra les pans de sa robe de chambre et but paisiblement le café brûlant que Zoé venait de lui apporter. Ses yeux tombèrent sur le poste de radio. Il jeta un coup d'œil à l'horloge murale. Ce n'était pas encore l'heure des informations. Il se beurra un toast et sourit en voyant par la fenêtre que Stainless Idyll et Jet Star se disputaient comme des commères à propos d'un brin d'herbe mâchonné par Little Fly.

Les enfants sont sans doute en train de se réveiller, songea-t-il avec amusement. *Même livrés à eux-mêmes, ils font la grasse matinée ! Déjà deux jours qu'ils sont partis...*

Dans la cuisine, Zoé chantonnait en lavant les vitres.

Je me demande ce qu'on va manger à midi... des tournedos, sans doute. À moins que Noah n'ait tiré un canard – ce que je peux être gourmand, quand même...

Au-dehors, Piebald Sugar hennit. Un concert de bêlements interrogateurs, informateurs et indignés lui répondit. Heartley considéra à nouveau le cadran de l'horloge. Il haussa les épaules, tourna distraitement le bouton de la radio.

Il y eut un grésillement et la voix du présentateur se fit entendre, apparemment suffoquée.

"...cendie se répand sur *Great Victoria Desert*, annonçait-il avec une précipitation bien compréhensible, Oodnadatta va être évacuée immédiatement nous vous demandons de bien obéir aux consignes afin de pourvoir au bon fonctionnement des choses d'autre part Messieurs William Evens Matthew Heartley et David Grew sont priés d'évacuer leurs ranchs le plus rapidement possible car ils se trouvent dans la zone de risque qui s'étend des Monts Musgrave au Lac Victoria particulièrement exposé que personne ne panique toutes les mesures de sécurité ont été prises évidemment la Loi Martiale vient d'..."

Heartley regarda le poste d'un air vide, pétrifié devant l'ampleur du danger qui menaçait les enfants.

Pas ça, Seigneur...

Prisca rêvait qu'elle se trouvait sur une plage au sable particulièrement dur. Il faisait affreusement chaud. Soudain un énorme crabe sortit de la mer et la prit par les épaules. Il se mit à la secouer violemment en criant :

— Réveille-toi, Prisca, réveille-toi et viens nous aider !

Elle ouvrit brusquement les yeux et s'assit en sursaut. Samantha était devant elle, les yeux révulsés par la terreur, refoulant ses larmes. La jeune fille regarda avec affolement autour d'elle, gagnée par l'air effrayé de son amie.

Une âcre fumée opaque montait sur l'horizon et se rapprochait, semblait-il, à une cadence infernale. À peu près tous les chevaux avaient disparu et Cynthia s'affairait à calmer le seul qui restât, Sweet Lolly.

Prisca s'habilla à la hâte et bondit auprès d'elle. Elle croisa Mathieu qui ramassait les affaires en courant.

— Qu'est-ce qui s'est passé ? cria-t-elle en passant.

Samantha, les bras pleins de sacs et d'objets, s'arrêta un instant, haletante, à côté d'elle.

— John s'est réveillé le premier, expliqua-t-elle en essayant de reprendre haleine, "il a vu la fumée et il est parti avec Peggie chercher les pompiers."

— Oliver lui a dit que le feu ne viendrait sans doute pas vers nous, lança Cynthia qui s'accrochait désespérément à la bride de Sweet Lolly.

— Ensuite la fumée a tourné et trois des chevaux se sont enfuis, continua Samantha. Queen of Sheba et King Solomon ont voulu faire pareil mais Wilfried et Oliver les en ont empêché. Après, Queen of Sheba a flanqué un méchant coup de sabot à Oliver et Wilfried a dit qu'il allait l'emmener. Il a pris des affaires et – quand je pense que tu dormais, ça me rend dingue – et il est parti.

— J'étais à l'écart, se justifia Prisca. Et ensuite ?

— Alors, termina Cynthia en essuyant son front ruisselant de sueur, King Solomon s'est détaché à son tour et il s'est sauvé.

— Le feu se rapproche de plus en plus, s'affola Samy.

Mathieu lança les affaires des adolescents roulées en un gros ballot sur le dos de Sweet Lolly et la prit par la bride.

— Dépêchons-nous ! ordonna-t-il. Il faut sortir de la savane vite fait et rejoindre les camions – ils ne vont sûrement pas tarder !

— Si on finit pas grillés là-dedans avant, gémit Prisca.

Ils se mirent à courir vers les Monts Musgrave. Derrière eux crépitaient, de plus en plus proches, les flammes hautes et claires de l'incendie.

Oodnadatta était maintenant presque complètement évacuée. Les gens fuyaient en hâte, pressés de monter dans les bus mis à la disposition de la Sécurité Civile. On les emmenait à Alice Springs où ils seraient hors d'atteinte de l'incendie. Les propriétaires qui se trouvaient entre les Monts Mac Donnell et Birdsville avaient accueillis de bonne grâce les mérinos évacués et Besban Dauverney s'était fait une joie de recevoir les chevaux.

Mais William Evens, David Grew et Matthew Heartley, que l'on croyait soulagés alors que commençait une terrible après-midi de lutte, tremblaient en réalité. John, Wilfried, Oliver et Peggie étaient enfin parvenus à la ville, mais *Great Victoria Desert* était à présent coupé du reste de l'Australie, encerclé par les pompiers depuis Laverton jusqu'au Lac *Eyre.*

Bill et Heartley aidaient les secours à combattre le feu toujours grandissant du côté d'Oodnadatta mais David avait accompagné Yaël et Rachel ainsi que les jeunes rescapés, à Alice Springs.

Bill travaillait sans relâche, certain de retrouver tôt ou tard les enfants sains et saufs. Il obligea son meilleur ami, dont le cœur s'essoufflait, à se reposer quelques instants et revint près des pompiers. Zoé, désespérée, hargneuse, secondait les sauveteurs de son mieux, acharnée, les cheveux défaits, épuisée mais décidée à ne pas s'arrêter avant la réussite de leurs efforts.

David Grew revint enfin d'Alice Springs. Il arrêta le fourgon, bondit hors du véhicule et se précipita vers Heartley.

— Matt ! cria-t-il, presque hystérique, Matt ! Où sont les enfants ? Les avez-vous retrouvés ? Réponds-moi, je t'en prie ! Matt ! Réponds ! *S'il te plaît !*

Son visage était décomposé. Heartley désigna les camions, Jeeps, ambulances et autres véhicules de secours rassemblés autour d'eux.

— Je ne sais pas, murmura-t-il, non, *vraiment je ne sais pas...* Dave ! reprit-il soudain révolté. Pourquoi tout ça ? Pourquoi *NOS* enfants ?

Le docteur le regarda fixement, d'un air vide, puis s'effondra sur la banquette d'une Jeep, la tête entre les mains, sanglotant convulsivement. Gerald Mayor s'approcha de lui et lui toucha doucement l'épaule.

— Écoutez, M'sieur Grew, dit-il pour l'encourager, on va les retrouver... y'a pas de raison ! Ils sont sûrement près du Lac *Victoria* – en sécurité. Y'a pas lieu de s'inquiéter, ajouta-t-il, conciliant.

Heartley sentit ses nerfs céder brusquement. Il empoigna le maire et le secoua violemment.

— Gerald, est-ce que tu sais seulement ce que c'est ? Mais tais-toi, bon sang ! Tais-toi... Ta fille est chez toi – ou à Alice Springs – en sécurité. MON fils... mon neveu, est perdu dans cet enfer, Gerald – il est en danger de mort. Alors, ferme-la, ferme-la, Gerald ! Tu peux pas comprendre, tu ne peux pas...

Il lâcha brutalement Mayor et leva les yeux vers le ciel noyé par les fumées sales et âcres de l'incendie.

— Et toi, Seigneur ! hurla-t-il, *toi !* Qu'est-ce que tu attends ? Réponds ! – mais réponds ! Tu es *le seul* à pouvoir faire quelque chose pour les sauver, maintenant. Alors fais-le !

Tous les policiers, secouristes, pompiers et sauveteurs le regardèrent avec stupéfaction, figés... puis se remirent au travail frénétiquement, comme relancés par un nouvel espoir.

CHAPITRE 18

Ô Dieu ! Écoute mes cris, sois attentif à ma prière !

Samantha agrippa la chemise de Mathieu dans un râle de terreur.

— J'ai peur, j'ai peur, j'ai peur ! hoqueta-t-elle, incapable de retenir les larmes qui lui montaient aux yeux et ruisselaient sur ses joues. Le garçon la prit fermement par les épaules et l'obligea à le regarder droit dans les yeux.

— Calme-toi, d'accord ? ordonna-t-il. On va s'en sortir, tout ira bien.

Cynthia et Prisca, oubliant leurs griefs mutuels, se serraient l'une contre l'autre autour du licol de Sweet Lolly. L'incendie les avait rattrapés, à présent, et les environnait de toutes parts. La chaleur les accablait, ils étaient suffoqués par la fumée, à demi asphyxiés malgré leurs foulards plaqués sur la bouche et le nez.

Mathieu promena un regard désorienté autour de lui. Les trois filles comptaient sur lui pour les sortir de là, mais il n'avait aucune idée de ce qu'il fallait faire. Il chercha désespérément autour de lui une trouée dans le tourbillon des cendres. Il n'y avait rien. Les flammes se rapprochaient. Il fallait fuir, au hasard de la panique, dans cet enfer sans cesse en mouvement.

Mathieu leva les yeux, instinctivement. Il ne voyait pas le ciel à travers les volutes noircies, mais ce simple geste lui redonna confiance.

Seigneur, pria-t-il intérieurement, les poings crispés. *Aide-nous, je t'en prie ! Il faut absolument que tu nous donnes un moyen d'en sortir !*

Lorsqu'il rabaissa son regard sur le brouillard sale qui les environnait, la situation lui apparut aussitôt plus claire. Devant eux s'ouvrait un passage qui les mènerait certainement à la délivrance. Ils s'élancèrent. L'incendie se referma derrière eux...

Prisca s'arrêta brusquement. Deux trouées se proposaient.

— À droite ! cria Mathieu.

— À gauche ! le contredit Prisca.

— Tout droit ! grinça Cynthia. Décidez-vous, ajouta-t-elle, crispée, décidez-vous – mais faites vite !

Mathieu prit Samantha, restée immobile, par la main et s'élança derrière Prisca, à droite.

Seigneur, permets que ça soit le bon chemin, s'il te plaît...

Ils débouchèrent devant une masse de rochers sombres. Un arbre s'écroula à ce moment-là vers eux, rongé par le feu. Des brandons enflammés tombèrent près de Cynthia, effleurant ses cheveux.

Seigneur, sors-nous de là ! supplia Prisca, terrorisée, au bord des larmes, tirant toujours sur la bride de Sweet Lolly qui, affolée, encensait nerveusement.

— Par là ! indiqua Samantha.

— Non, par ici ! protesta Cynthia.

Le crépitement des flammes s'amplifia encore.

— Ramenez-vous ! appela Mathieu en se précipitant à travers la fumée dans une direction qu'il croyait, encore une fois, les mener vers les sauveteurs.

Pourvu que ce soit la bonne, cette fois... Seigneur, oh, réponds, réponds-nous, je t'en prie !

La terrifiante brume s'effaça vaguement près d'eux. Ils se jetèrent dans cette éclaircie, suffoquant.

— J'ai mal au bras ! gémit Prisca.

— Et moi, aux pieds, ajouta Samy.

Cynthia s'assit lourdement sur le sol. Mathieu, qui reprenait son souffle, se précipita vers elle.

— Hé, c'est pas le moment de flancher, dit-il en aidant la jeune fille à se relever. Il réajusta son foulard et toussa.

— Allez, on repart ! reprit-il d'un ton de commandement. Confiantes, les trois filles obéirent sans rechigner, tirant toujours Sweet Lolly au bout de sa longe.

Ils se mirent à courir. La chaleur les étouffait, noyait de sueur leurs T-shirts et leurs visages. La poussière noircissait tout ce qu'elle touchait, ajoutant encore par ses tourbillons incessants à la terreur des quatre adolescents.

Brusquement Samantha trébucha, se prenant le pied dans l'un des trous qui bosselaient le terrain. Elle tomba en avant. Prisca étouffa un cri.

— Samy ! Ça... ça va ?

La jeune fille était très pâle, son visage se crispait de douleur. Elle tenait sa cheville gauche et grimaçait. Mathieu s'agenouilla à côté d'elle.

— Montre, ordonna-t-il.

Samy refusa d'un signe de tête énergique, les mâchoires serrées.

— C'est ma cheville, sanglota-t-elle. Elle... elle a craqué. Ooh, elle me fait un mal de chien !

— Laisse Gipsy hors de tout ça, marmonna le garçon en défaisant avec précaution la chaussure de la jeune fille.

— Oh, Mathieu ! Tais-toi. T'es pas drôle... souffla-t-elle entre ses dents.

— Est-ce que tu peux te lever ? demanda Prisca en regardant, angoissée, les flammes qui se rapprochaient à travers la fumée.

— Allez Samy, essaie... l'encouragea Mathieu. La jeune fille se releva avec bonne volonté, s'aidant du garçon et de Cynthia, sans s'appuyer sur son pied. Elle fit quelques mètres en sautillant sur une jambe, le visage concentré, puis s'arrêta, épuisée, livide.

— Je n'y arriverai jamais ! pleura-t-elle, désespérée.

— Mais pourquoi tu t'es fait ça ? dit Prisca en larmes.

— C'est à cause des termites ! hurla Cynthia, hystérique. Wilfried avait raison.

— N'importe quoi ! répliqua Mathieu.

La jumelle de Peggie enfourcha Sweet Lolly d'un bond.

— Je vais chercher du secours ! lança-t-elle, au bord de la crise de nerfs. Elle talonna la jument, et avant que personne n'ait eu le temps d'intervenir, disparut à travers les volutes de fumée.

À ce moment-là, à bout de force, Samantha s'affaissa contre Mathieu.

— Oh noon, gémit celui-ci. Cynthia, s'il te plaît, aide-moi !

Et comme la jeune fille le regardait sans bouger, affolée au point de ne plus savoir que faire, il ajouta :

— Mais dépêche-toi ! Essaie de remuer un peu ! Ma parole, mais elles craquent toutes en même temps. Allez, Cynthia. Bouge-toi ! Pour une fois !

Elle ouvrit des yeux un peu plus grands, toujours avec cette expression vide et tourna soudain des talons. Mathieu la regarda disparaître à son tour, ahuri. Puis il se mit à crier, soutenant Samantha en même temps.

— Cynthia ! T'es folle ? Reviens ici ! Tu vas te paumer. T'es timbrée ou quoi ? Cynthia ! Mais reviens !

Il se tut lorsqu'il eut enfin conscience de l'inutilité de ses appels, puis se tourna vers Samantha.

— Tiens bon Samy, tiens bon, je t'en supplie, tiens bon, murmura-t-il en relevant doucement le menton de la jeune fille évanouie.

Et maintenant, Seigneur, qu'est-ce que je fais ? Je danse le tango ? Je suis désolé... Seigneur, aide-moi, je t'en prie...

Les flammes crépitaient tout près, à présent. Le garçon les regarda avec terreur, sentant l'affolement maladif des deux filles le gagner. Cette fois-ci ils étaient bel et bien pris au piège. Ses yeux s'agrandirent soudain en voyant se profiler derrière le rideau brûlant, une ombre étrange.

Le Lac *Eyre* n'était désormais plus assez près pour alimenter, à défaut des citernes à présent vides, les lances à incendie. Épuisée, Zoé s'était laissée tomber sur la banquette du fourgon des Grew. Heartley réagissait comme un automate, obéissant sans les comprendre aux ordres de Gerald Mayor et de Noah, qui était aussi le capitaine des pompiers.

Bill laissa retomber le long tuyau qui crachotait faiblement et s'éloigna de quelques pas de la zone dangereuse.

— C'est fini, dit-il d'un ton las, on y arrivera pas.

— Si ! hurla Heartley en se relevant brutalement. Il se dirigea vers Noah et le père des jumelles d'un air qui contrastait avec sa détermination hargneuse du matin.

— Si ! répéta-t-il, Dieu est avec nous – *rien* ne sera contre nous, pas même ce feu. Bill, où est passée ta belle confiance ?

— Je ne peux pas le comprendre, Matt, balbutia Bill, je ne peux pas l'admettre. Pourquoi tout ça ? Pourquoi les enfants ?

— C'est ce que je disais, moi aussi, tout à l'heure... Bill, et tu sais quoi ? Il faut avoir du courage et de la volonté. Dieu protège ses agneaux, j'en suis sûr... Le *tout* est d'arriver à temps pour prendre le relais. Tu connais ça, non ?

— Une course, quoi... Tu la fais contre qui, Matt ?

— Contre le feu, Bill. Contre celui qui veut nous empêcher de retrouver les enfants avant qu'il ne leur arrive quelque chose – surtout si nous perdons confiance... Tu me suis ?

— Presque, Matt. Comment fais-tu pour sortir tout ça au bon moment ?

— Aucune idée... Dieu, sans doute.

— Le patron n'a pas beaucoup de suite dans les idées, n'est-ce pas ? fit Noah en riant malgré la fatigue et la tension.

— C'est la pure vérité, approuva gravement Bill. Bon alors, la suite de ton raisonnement, Matt, avant que les citernes ne reviennent remplies ?

— Et bien, si nous faisons confiance à Dieu pour garder les enfants jusqu'à notre arrivée près d'eux, il ne leur arrivera rien – nous les retrouverons sains et saufs.

— Okay. Tu devrais répéter tout ça à David. Parce que lui, je ne sais pas s'il garde confiance en quoi que ce soit...

Tous les regards convergèrent en direction du docteur Grew qui dégageait les cendres avec l'énergie du désespoir. Noah secoua sa chemise trempée de sueur et considéra d'un air fatigué son pantalon déchiré et couvert de poussière.

— J'espère que ma sœur ne va pas trop grogner en voyant *ça*, marmonna-t-il en retournant près de ses hommes.

L'incendie semblait s'être un peu calmé. Du moins, il reculait. De Laverton venait de bonnes nouvelles. La ville n'avait pas été touchée, mais il y avait une couche importante de cendres à l'entrée. *Great Victoria Desert* restait un brasier aux clairières étouffantes.

Les lances se remirent à fonctionner, au retour des citernes. Bill regarda le ciel sombre, la nuit approchante qui allait rendre la lutte contre les flammes plus infernale encore, et il soupira.

Aide-moi à garder VRAIMENT confiance, Seigneur... et protège les petits, où qu'ils soient...

Heartley lui jeta un coup d'œil, vit qu'il priait silencieusement, et sourit. L'insoutenable tension qu'il portait allait être partagée en deux... et donc réduite de moitié.

CHAPITRE 19

Je devance l'aurore et je crie ; j'espère en tes promesses

Le lac miroitait doucement, prenant des reflets mordorés à la lueur des flammes. Venant du côté de Laverton, elles avaient déjà atteint la rive ouest.

Avec une grimace, Mathieu passa une main le long de son dos raide et douloureux. Son épaule, encore mal remise de l'accident, le brûlait chaque fois qu'il se penchait sur la jeune fille installée devant lui en travers du garrot du cheval.

Comment était-il arrivé ici, à travers les silhouettes menaçantes des flammes ? Il ne le savait pas. Mais il était devant le seul endroit où il serait en sécurité, et cela, il le devait à Sands' Mystery. L'étalon était arrivé près de lui au moment où Mathieu croyait que tout allait être terminé. Quel autre cheval aurait osé traverser l'incendie ?

Les yeux de l'animal étaient dilatés, encore une fois. Mais pas un de ses muscles se tressaillait. Il attendait. Patiemment.

Mathieu descendit avec précaution du grand étalon et rattrapa Samantha qui s'affaissait sur elle-même comme une poupée de chiffon. Il s'avança vers l'eau. Il faisait chaud, l'air était brûlant, l'eau, glacée. Il y pénétra pourtant avec la certitude que cela l'aiderait. L'incendie crépitait derrière lui, menaçant. Mathieu hésita cependant encore une fois, en regardant Samantha. Sands' Mystery lui donna un petit coup des naseaux.

Une dizaine de minutes plus tard, au prix d'efforts inouïs, aidé par l'étalon qui l'encourageait d'un hennissement ou d'un doux bruit de gorge chaque fois qu'il faiblissait, le garçon se hissait sur le bord de la langue de terre qui émergeait au centre du lac. Épuisé, trempé, transi, il soutint la jeune fille plus qu'il ne la porta jusqu'au milieu de l'îlot.

Sands' Mystery s'ébroua joyeusement, comme au temps de leurs escapades et de leurs rires, et se roula sur le sol. Puis il se coucha, rassemblant ses pattes près de lui, et Mathieu déposa la jeune fille inerte contre le flanc large et chaud de l'étalon.

— Ne flanche pas maintenant, Samy, hoqueta-t-il, voyant qu'elle ne réagissait toujours pas. "Ne me laisse pas tomber comme ça !"

Son estomac se nouait, des nausées lui montaient dans la gorge. Il tapota encore sans résultat les joues de Samantha, puis s'éloigna de quelques pas et vomit.

L'eau était toute proche, clapotant doucement contre la terre. Ce fut à ce moment-là qu'il réalisa qu'il avait traversé le lac au milieu des crocodiles... sans que ceux-ci ne s'approchent de lui. Mais à présent les redoutables reptiles encerclaient l'îlot. Mathieu s'essuya la bouche avec dégoût.

— Tirez-vous de là ! marmonna-t-il avec lassitude. "Pas bouger, sales bêtes ! Couché Médor ! Au panier, les crocos !"

Il revint vers la jeune fille et s'assit à côté d'elle. Il l'appuya doucement contre lui, l'entoura d'un bras et s'obligea à ne pas regarder les remous inquiétants qui agitaient le lac.

Garde-nous pendant cette nuit affreuse et guide les secours vers nous... Protège aussi Cynthia et Prisca, où qu'elles soient... et merci pour tout ce que tu as fait, pour Sands' Mystery, pour ce que tu feras, j'ai confiance en toi...

Il considéra un instant la jeune fille. À présent, elle était aussi fragile que l'un des agneaux du ranch. Comme celui que John lui avait mis sur les genoux, le jour où il était revenu de l'hôpital. Cela lui fit penser à Heartley. Ses yeux se remplirent de larmes au goût amer, qu'il refoula vivement, ne les admettant pas. Il leva les yeux vers le ciel sombre, sale et opaque, qu'il avait vu si souvent piqueté d'étoiles brillantes, et ajouta silencieusement :

Je te prie aussi pour mon oncle, Seigneur. Garde-le pendant cette nuit – pour qu'il ne s'inquiète pas trop...

À ce moment-là Sands' Mystery s'ébroua, fit glisser Samantha contre Mathieu et se leva. Le garçon allongea délicatement la jeune fille sur le sol et la recouvrit de sa chemise de laine épaisse… complètement trempée. Il frissonna légèrement et donna une tape à l'étalon.

— Ça va, mon Sands' ? J'aurais dû t'appeler "Okay". T'es d'accord avec tout ce qu'on te dit.

L'incendie leur faisait face, dévastant les deux rives. Brusquement, l'un des eucalyptus qui brûlait juste devant eux s'écroula avec fracas dans le lac.

Sands' Mystery se cabra en hennissant de terreur et de folie et s'élança en direction des flammes. Malgré tous ses efforts, Mathieu le vit nager rapidement vers le côté est et disparaître dans le brouillard infect. Il toussa. La fumée arrivait jusqu'à l'îlot. Samy ne bougeait toujours pas. Il revint s'asseoir à côté d'elle puis, au bout d'un moment, se laissa glisser sur le sol humide, à demi inconscient, et passa son bras au-dessus de sa tête.

Ses boucles blondes et celles de Samantha, rousses, se mêlèrent aux arbustes. Il sentit la main de la jeune fille près de la sienne, l'agrippa et la serra comme si elle eut été une bouée de sauvetage.

L'eau clapotait doucement sur les bords du lac. Il murmura d'une voix à peine audible.

— On s'en sortira... les sauveteurs viendront nous chercher, on sera sur des civières – tranquilles... sans rien à faire... *Oh, Seigneur, donne-nous la force d'attendre !*

Déjà loin, à travers le rideau de flammes, galopait Sands' Mystery...

Les hélicoptères passaient et repassaient sans résultat au-dessus de *Great Victoria Desert*. Ils venaient encore une fois de repartir, et la nuit avançait, lorsque Noah annonça avec enthousiasme :

— Un cavalier !

Bill, Heartley et le docteur Grew se précipitèrent vers le chef des pompiers et scrutèrent avidement la direction indiquée.

— On ne le voit pas très bien, déplora l'oncle de Mathieu.

— Ce doit être ton neveu, soupira le père des jumelles.

— Sûrement pas, s'il est tout seul, décréta son meilleur ami. "Mathieu n'aurait pas abandonné les filles, même si c'est parce que l'une d'elles est blessée et qu'il faut aller chercher du secours."

— Tu crois ? demanda David, plein d'espoir. Il fixa avec anxiété le cavalier qui se rapprochait et dont on pourrait bientôt voir le visage.

— Il a fait un sacré tour, en tout cas, remarqua Noah.

— Ça peut pas être Mathieu... marmonna encore Heartley.

— Ben, il n'allait pas venir à travers le feu ! dit Gerald Mayor. Il mit sa main en visière et plissa les yeux pour mieux voir.

— On dirait qu'*il* a une queue de cheval rousse...

— J'vous avais bien dit que ça ne pouvait pas être Mathieu, répéta Heartley qui, malgré tout, sentit son cœur se serrer. David Grew priait silencieusement, égoïste dans son amour de père, pour que ce fût Samantha.

Noah courut à la rencontre du cavalier. Bill poussa un cri de joie.

— C'est Prisca ! hurla-t-il.

Le grand aborigène descendit la jeune fille de son cheval. Prisca se jeta dans les bras de son père, sanglotant à la fois de soulagement et de terreur rétrospective.

— Papa, oh, papa ! C'était affreux !

Elle enfouit son visage dans la chemise de Bill. Celui-ci la serra bien fort contre lui et lui caressa doucement les cheveux.

— Tout va bien, dit-il d'une voix apaisante, tout va bien... Ça va, ça va... c'est fini... Tu es en sécurité, ma puce... là, là... tout va bien, ma chérie...

— J'veux maman, pleura la jeune fille en s'agrippant, encore terrorisée, à son père. David Grew réprima un gémissement d'angoisse et de déception. Heartley vit que son visage était gris d'épuisement et l'obligea à s'asseoir. Puis il posa sa main sur l'épaule de Bill.

— Quand elle sera un peu remise, essaie de lui demander où sont les autres, murmura-t-il en essayant d'empêcher sa voix de trembler.

— Tu rêves, ou quoi ? lui reprocha Bill en levant des yeux courroucés vers son meilleur ami. "Elle est complètement choquée !"

À ce moment-là, Noah se précipita vers le groupe.

— Des nouvelles de Laverton ! cria-t-il. Cynthia vient d'être récupérée. Elle est saine et sauve. Elle a réussi à localiser sur la carte l'endroit où doivent se trouver les deux autres gamins.

Le docteur Grew eut un demi-soupir de soulagement.

— Rachel va enfin pouvoir respirer, dit-il d'un ton neutre, découragé par le temps qui passait sans qu'on lui ramène *sa* fille.

— Faudrait prévenir Alice Springs, lança Noah, la mère de la petite est là-bas.

— Okay, acquiesça Gerald Mayor en se dirigeant vers le camion.

Heartley regarda le désert enflammé et sentit à nouveau son cœur se serrer douloureusement.

Seigneur, oh, permets qu'il s'en sorte !

Sands' Mystery n'était toujours pas revenu. Mathieu ne savait même plus si cela avait une certaine importance pour lui. Il tenait toujours la main de Samantha, seul contact qui ne soit ni glacé, ni irréel pour lui. Il avait sombré dans une morne apathie, plus rien n'avait d'importance – à l'exception de cette main et de la présence rassurante près de lui de *quelqu'un* qui prenait tout en charge... le froid, la fumée, les crocodiles, l'incendie, Sands' Mystery... et Samy.

Ce n'était pas pour rien qu'avant de se laisser glisser dans cet engourdissement, il avait confié à Dieu tout ce qui pesait sur ses jeunes épaules.

Dieu veillait sur eux. *On* les retrouverait, *on* s'occuperait de Samantha, *on* le prendrait dans ses bras et le porterait dans un lit. Il pourrait dormir, dormir, dormir...

Eileen regarda par la fenêtre de sa chambre et soupira. Elle ne savait que penser. L'incendie avait bel et bien frôlé Oodnadatta, mais après cette alerte, son père les avait fait revenir, sa mère et elle. Avec cet air renfrogné, hargneux, des mauvais jours.

Je me demande bien pourquoi... Dieu... Bonjour, c'est Eileen Mayor. Il paraît qu'on peut vous parler comme ça, quand on ne comprend pas tout... En tout cas c'est ce que font Samy et Mathieu. Et Mr. Heartley.

Son père s'était justement énervé à propos du vieux rancher. Il avait parlé du "danger encouru par les enfants", de "la sécurité de sa fille". Peu importait, après tout. Eileen descendit lentement l'escalier qui menait à la cuisine.

Maman doit y être... Dieu, est-ce que c'est vrai que vous vous occupez de nous, de tout là-haut ? S'il vous plaît... gardez Samantha. J'ai été idiote... Si vous saviez comme je regrette de l'avoir embêtée, si souvent...

Un brouhaha monta de la rue principale. Ms. Mayor n'était pas dans la cuisine. Elle était sans doute allée voir son mari, près des camions de la Sécurité.

En tout cas, je suis contente que Cynthia et la jumelle – Peggie ou Prisca ? – aucune idée !, soient saines et sauves.

La porte s'ouvrit avec fracas.

— Dépêchez-vous ! hurla quelqu'un.

— C'est les nerfs ! cria Gerald en se précipitant vers le salon.

— Pousse-toi, Eileen ! lui lança sa mère en ouvrant grand la porte d'entrée devant une civière sur laquelle était étendu quelqu'un dont la jeune fille ne put distinguer les traits.

— J'ai toujours dit qu'il était malade du cœur, grogna une autre personne en secouant la tête d'un air désolé.

— Fermez-la ! lui rétorqua Noah en dépassant à son tour la jeune fille.

— Venez ! appela Gerald devant la porte du salon, "on va le mettre là."

— Jusqu'à ce que l'hélico arrive, ajouta vivement David Grew. Et j'espère qu'il fera vite, murmura-t-il encore, avant de refermer la porte.

À l'angle du couloir se tenait un homme, au complet saupoudré de poussière. Il s'épousseta sans perdre son air de sérénité, malgré le pli soucieux qui barrait son front.

Il a dû arriver par le dernier avion, pensa la jeune fille, et il est complètement dépassé par les événements... N'empêche qu'il a l'air drôlement sympa... C'est peut-être le nouveau voisin...

L'homme releva la tête et lui sourit gentiment.

CHAPITRE 20

Que le soleil ne se couche pas sur votre colère

Samantha émergea avec peine de l'inconscience. Elle sentit le sol dur et craquelé sous elle, quelque chose de lourd et de mouillé sur elle. Peu à peu, elle se rendit compte qu'elle était trempée et qu'on l'avait recouverte d'une chemise gorgée d'eau. Sa cheville la faisait cruellement souffrir.

Elle s'obligea à s'asseoir et frissonna. Ce fut à ce moment qu'elle s'aperçut qu'elle tenait la main de Mathieu. Il était étendu à côté d'elle, torse nu, les yeux fermés, la respiration rauque. Samy considéra l'endroit où elle se trouvait et sursauta. Comment le garçon avait-il fait pour l'amener jusqu'ici ?

Elle dégagea doucement sa main. Mathieu gémit faiblement mais ne se réveilla pas. La jeune fille sourit tendrement.

Il est épuisé... à cause de moi... Il est super ! Je suis tellement heureuse que tu nous l'aies amené, Seigneur !

Le soleil apparaissait au loin, derrière les Monts Musgrave. Le matin arrachait des morceaux de ciel rose à l'horizon calciné. Samy sentit la brise glisser sur son visage. Elle remit sa main dans celle de Mathieu.

On restera ensemble, tu sais...

L'incendie semblait s'être presque entièrement éteint. Les cendres recouvraient la terre orange... Samantha plissa les yeux et regarda attentivement du côté d'Oodnadatta, là-bas, vers l'est.

On dirait... non... impossible...

Elle poussa soudain un cri de joie strident.

— Mathieu ! Enfin ! Ils nous ont retrouvés !

Le garçon battit des paupières et s'assit péniblement. Samantha se jeta à son cou, au mépris de la douleur de sa cheville.

— Ils sont là, ils sont là ! Ils sont là, Mathieu ! On nous a retrouvés. Merci mon Dieu ! Enfin, c'est fini, on est sauvés ! Il y a Sands' avec eux, Mathieu. Il y a Sands – mais regarde ! On est sauvés – sauvés !

La joie débordante de la jeune fille ne pouvait, malgré tout, attirer les sauveteurs dans leur direction car assise, elle devait leur être invisible. Mathieu se leva, un peu chancelant, et fit de grands signes de bras.

Quelques minutes plus tard l'hélicoptère de Laverton les emmenait vers Oodnadatta, épuisés et transis mais rayonnants, Samantha blottie contre son père, Mathieu lui tenant toujours la main, enveloppé dans une grande couverture de laine.

Ils croisèrent en venant un autre hélicoptère qui, lui, partait vers Adelaïde et le Docteur Grew eut un regard navré.

Mathieu se retourna, horrifié.

— Oncle Matthew ! s'écria-t-il. Qu'est-ce qu'il a ? Mais pourquoi ? Je...

— Calme-toi maintenant, gamin, l'interrompit Noah en le prenant par les épaules et en l'obligeant à s'asseoir. David Grew s'avança à son tour.

— Ton oncle va déjà beaucoup mieux, expliqua-t-il avec douceur. Il a fait un malaise et j'ai jugé nécessaire qu'il soit envoyé à Adelaïde. Maintenant je voudrais que tu te calmes et que tu nous laisses nous occuper de toi. D'accord ?

— Je vais t'emmener chez moi parce que le ranch a brûlé, continua Noah en s'accroupissant devant Mathieu. "Zoé sera aussi avec toi pendant tout le temps où ton oncle restera à l'hôpital. Tout ira bien."

Il se redressa et échangea un coup d'œil navré avec le docteur Grew. Mathieu pleurait silencieusement, à bout de nerfs. Noah s'approcha de lui, réajusta la couverture, le prit dans ses bras et le porta jusqu'à sa Jeep où il l'installa le plus confortablement possible. David lui posa une main sur l'épaule.

— Pour cette nuit, Zoé peut lui donner un calmant. Si c'est possible, installez un lit dans la chambre pour que quelqu'un dorme près de lui. Si Samantha va mieux demain, je passerai. Et si vous voulez, je vous rends Ketzia.

— Merci, toubib. Mais ma sœur ne sera pas de trop avec vous, je crois, dit Noah en souriant avec chaleur. Il tapota le bras de Mr. Grew et grimpa dans la Jeep.

Le cauchemar s'achevait.

À la sortie de la ville, Sands' Mystery se mit tranquillement à trotter derrière eux.

Heartley se souleva un peu sur les coussins.

— Si tu savais comme j'ai eu peur pour toi... je t'aime... murmura Mathieu.

— Est-ce que tu essaies de me demander quelque chose, là ? fit le patron avec émotion.

— Oui – de ne pas mourir !

La voix du garçon s'étrangla. Il cacha son visage dans le creux de l'épaule de son oncle.

— Ça va aller, tu sais, Mathie. On va vite oublier cette épreuve et même, si tu veux, on dressera Sands' Mystery ensemble, puisqu'il est revenu vers toi...

Heartley repoussa les mèches encore rêches qui tombaient sur les yeux de Mathieu et lui sourit.

— Et je ne vais pas mourir encore... j'aurais tellement voulu que...

— Que ?

Heartley détourna un instant son regard des prunelles dorées de son neveu.

— Pardonner, tu vois, fils, c'est la chose la plus difficile à faire pour l'homme.

— Pourquoi me dis-tu ça, *maintenant* ?

— Parce que, si j'étais mort... Eh bien, tu vois... Thomas, ton père, n'était pas... Oh, Mathieu ! imagine, au ciel...

Il n'osa pas prononcer les paroles qui lui faisaient si mal, mais ses yeux étaient suffisamment expressifs. Mathieu sentit ses paupières se gonfler de larmes qui coulèrent silencieusement sur ses joues. Heartley en ramassa une et l'écrasa sur le nez de son neveu avec tendresse. Puis son regard se fit à nouveau sombre.

— J'ai pardonné à Thomas... mais lui, n'a jamais fait le pas...

Il se tut et se mordit les lèvres. Peut-être n'aurait-il pas dû parler à son neveu de cette évidence qui l'avait torturé durant les quelques jours où il était resté seul à l'hôpital. David Grew disait que Mathieu avait surmonté le choc nerveux de l'incendie mais...

Quelqu'un frappa à la porte de la chambre. Un homme au visage ouvert entra en s'excusant.

— Je m'appelle Étienne Docente, s'empressa-t-il de se présenter, en voyant qu'Heartley le regardait d'un air interrogatif. "Je suis arrivé de France il y une semaine avec un message pour un monsieur appelé Matthew Heartley. J'ai appris par la radio que vous étiez hospitalisé ici et..."

Le rancher haussa les sourcils. Etienne tira une chaise à lui et s'assit sans façons en adressant un bon sourire à Mathieu.

— En fait, voilà, commença-t-il. Il y a un an, j'ai été appelé à servir le Seigneur – je suis pasteur – à servir Dieu, donc, en Australie. Comme le voyage est très coûteux, plusieurs ont voulu participer aux frais. Or, le jour de mon départ, l'un des pasteurs est venu me voir et m'a donné cette enveloppe parce qu'il savait que je partais pour Oodnadatta.

— Alors vous êtes le nouveau pasteur, quoi, dit Heartley.

— C'est ça. Et bien, l'homme à qui appartenait cette enveloppe s'appelait Thomas Mens. Mon ami l'a trouvé dans un livre qui a été oublié dans un centre équestre. Thomas Mens est décédé avec son épouse le jour de leur départ en vacances...

Mathieu serra les dents et détourna la tête. Son oncle lui serra le poignet avec sollicitude, puis revint à l'enveloppe. Il déchira le rabat d'une main tremblante et en sortit une simple feuille de carnet couverte d'une écriture qu'il n'avait plus vue depuis dix-huit ans...

Matt,

Je ne sais pas quelle tête tu feras en recevant cette lettre – sûrement la même que Natalye lorsque je lui dirai que je t'ai écrit – mais je te l'envoie parce je veux que tu saches que beaucoup de choses ont changé dans ma vie, ces derniers temps.

Matt, je crois que les dernières barrières que j'ai établies entre Dieu et moi sont en train de tomber. Il est trois heures du matin et je sens qu'il faut absolument que je t'écrive. Que je te dise combien je regrette ma conduite. Pour que le soleil ne se couche plus jamais sur notre colère, Matt. Je te pardonne. À père aussi. Il est encore tôt le matin.

Et toi, me pardonnes-tu ?

Ton frère, Thomas

“Notre” et “frère” étaient soulignés au crayon rouge. Heartley leva les yeux et sourit au nouveau pasteur. Il entoura son neveu de son bras et murmura, alors que le soleil s'élevait, haut dans le ciel par la fenêtre :

— Je te pardonne, Thomas.

Il fit une pause, avala sa salive, et termina :

— *Ton frère, Matt.*

Seul le ranch d'Ulrich et Lilith Calm n'était pas à reconstruire. D'Alice Springs et de Tarcoola arrivaient les matériaux nécessaires aux éleveurs.

Il y avait eu de nombreux changements au cours des mois qui avaient suivi l'incendie. Tout d'abord Eileen et Cynthia s'étaient “humanisées”, comme disait Oliver. Ensuite le docteur Grew s'était décidé à épouser Rachel Fizz et Yaël avait eu une petite fille, nommée Grâce. Enfin, de plus en plus de personnes se pressaient à l'église d'Oodnadatta, le dimanche matin. Etienne Docente, que son accent français rendait particulièrement attachant, avait conquis et réuni par sa simplicité de cœur et de paroles les stockmen et les citadins.

La prairie refleurissait et les arbustes repoussaient sous le soleil éclatant. *Great Victoria Desert*, mutilé, guérissait lentement, devenant aux yeux de ceux qui revenaient de loin, le lieu le plus beau qui soit au monde.

— Un paradis ! claironna Mathieu en s'élançant à travers les champs mauves vers les Monts Musgrave.

— Je voudrais que le ciel ressemble à l'été d'ici ! Yaaaouhh ! brailla Samantha en faisant la roue. Elle se redressa d'un bond et rattrapa le garçon qui zigzaguait entre les arbustes. Il l'attendit un instant, attrapa la main qu'elle lui tendait et ils coururent jusqu'au rocher, à l'angle des parcs nouvellement installés.

Mathieu fit la courte-échelle à la jeune fille puis se hissa à son tour sur leur perchoir préféré.

— Quand je pense que tout était brûlé... soupira Samantha. Elle releva ses genoux, se frotta la cheville.

— Tu ne t'es pas fait mal, j'espère ? s'inquiéta le garçon.

— Ça va, ça va... Mère poule !

— Oh, c'est bon, Samy, te plains pas.

Ils éclatèrent de rire ensemble. Les Monts Musgrave s'élevaient devant eux, fondant dans l'air tremblant. Mathieu serra doucement la main de la jeune fille.

— Tu sais quoi ? Je n'oublierai jamais ces heures-là…

— Moi non plus, approuva Sam. Regarde ! s'écria-t-elle brusquement. Au pied de la roche rouge galopait un grand étalon bai aux crins noirs...

Mathieu se laissa glisser au bas du rocher et courut à la rencontre de Sands' Mystery. Le cheval s'ébroua joyeusement et posa sa tête sur l'épaule du garçon.

— C'est grâce à toi que tout est arrivé, lui chuchota Mathieu à l'oreille. "Si tu n'étais pas entré dans ma vie en te battant contre Setting Sun Thief, je ne t'aurais pas ramené au ranch, oncle Matthew n'aurait peut-être jamais retrouvé Stainless Idyll, tu ne m'aurais pas jeté à terre... sans l'accident tu n'aurais pas pu t'enfuir..."

— Et tu ne nous aurais pas proposé de partir en expédition après la tonte, Mathieu, compléta Samantha en flattant l'étalon et en glissant, avec un sourire, son bras sous celui de Mathieu.

— On n'aurait pas été dans l'incendie...

— ...oncle Matthew n'aurait pas fait de malaise... continua Mathieu.

— Tu n'aurais pas amené les sauveteurs jusqu'à nous, ajouta Samantha, reconnaissante.

— Et peut-être qu'oncle Heartley aurait pardonné moins facilement...

— Plus difficilement...

— À son frère... à mon père. Et je n'aurais jamais su qu'il s'était enfin mis en règle avec Dieu et qu'il avait pardonné à oncle Matthew, acheva Mathieu.

— Mais avec des "si", on finirait par mettre Oodnadatta en bouteille et on passerait notre temps à remercier Dieu...

Samy éclata de rire et glissa sa main dans celle du garçon. Sands' Mystery hennit joyeusement et Jet Star accourut auprès de lui. Gipsy vint lécher la main de son maître.

— Faut qu'on rentre... y'a du travail au ranch.

Ils firent demi-tour. Près d'un eucalyptus, Heartley les attendait, des larmes scintillant dans ses yeux bleu d'acier. Des larmes d'attendrissement...

Sands' Mystery poussa des naseaux la main de Mathieu.

— Il y a encore du travail jusqu'à la course de Sydney, lança le vieil homme en fourrant ses mains dans ses poches. "Et il peut s'en passer des choses, en cinq mois."

— La saison des pluies... soupira Samy.

— Et la nouvelle tonte ! ajouta Mathieu.

Et certainement Dieu veillerait sur eux pendant les mois qui viendraient, patiemment, les uns après les autres…

Gipsy se mit à courir dans la prairie et Sands' Mystery s'élança au galop vers le ranch. Au loin, Zoé sonnait la cloche pour rappeler les stockmen.

Références bibliques
des textes en tête de chapitre

Prologue	Job 39.22-25
Chapitre 1	Jérémie 17.6
Chapitre 2	Jean 14.18
Chapitre 3	Jean 14.16
Chapitre 4	1 Timothée 4.12
Chapitre 5	Jérémie 23.20
Chapitre 6	Proverbes 20.18
Chapitre 7	Matthieu 6.8
Chapitre 8	Apocalypse 6.4
Chapitre 9	Deutéronome 28.6
Chapitre 10	Proverbes 11.13
Chapitre 11	Ésaïe 43.1
Chapitre 12	Hébreux 3.6
Chapitre 13	Psaumes 77.18
Chapitre 14	Marc 5.36
Chapitre 15	Actes 3.10
Chapitre 16	Psaumes 34.19
Chapitre 17	Exode 9.23
Chapitre 18	Psaumes 61.2
Chapitre 19	Psaumes 119.147
Chapitre 20	Ephésiens 4.26

Lexique

Alezan : un cheval roux
Bai : un cheval brun rouge
Balzane : une “chaussette” blanche naturelle sur le pelage d’un cheval
Balzane haut chaussée : une “chaussette” qui monte haut sur la patte d’un cheval
Botta : terme technique qui indique, chez le cheval, ruer ou arrêter très vivement
Cheval pie : cheval au pelage blanc avec des taches rousses ou noires
Cobber : compagnon, copain ou camarade en argot australien
Débourrer : dresser
Dingo : fou – s’utilise pour les chevaux qui ont un comportement inhabituel et dangereux soit par transmission génétique, soit après un traumatisme
Étoile en tête bordée : étoile sur le front d’un cheval
Heure galah : à la radio, une heure réservée aux femmes des ranches isolés du désert australien pour qu’elles puissent discuter entre elles, malgré les centaines de kilomètres qui les séparent
Jackarro : apprenti gardien de moutons australien
Lamington : une génoise glacée, spécialité locale
Larikkin : terme argotique pour indiquer un voyou
Mérinos : une race de moutons australiens qui a besoin de très peu d’herbe pour subsister
Oz : un nom que les Australiens donnent à leur pays – tiré du film *Le magicien d’Oz* – un pays imaginaire et merveilleux

Pavlova : un gâteau meringué en l'honneur de la ballerine Anna Pavlova

Pointa : terme technique qui indique, chez le cheval, ruer ou arrêter très vivement

Rouan : cheval brun

Shagya : une race de chevaux arabes, souvent petits et blancs

Smoke-oh : pause cigarette

Stockman : un cow-boy australien

'Ta : abréviation de Thank you

Tournedos : Un filet de bœuf ceinturé par du bacon

Yabbies : grosses crevettes

Avec *Mystère des sables*, **Marie Lubac** signe son premier roman à vingt-et-un ans.

Pourtant elle a commencé à écrire à huit ans déjà, en réinventant de nouvelles fins à des histoires de personnages déjà existants (Tintin, Le Roi Lion). La trame de *Mystère des sables* prend déjà forme lorsqu'elle est en Cinquième...

Après une licence en lettres modernes, Marie poursuit actuellement ses études en arts du spectacle.

En dehors de l'écriture, Marie s'investit à fond dans le scoutisme où elle est Raksha, la mère des louveteaux. Elle raffole raconter aux petits loups des histoires qu'elle invente ou celles du Livre de la Jungle de Kipling.

Marie parle espagnol à son chat, est fana de gruyère et réécris les fins des films qu'elle a aimés.

Lorsqu'elle n'est pas à la fac, elle vit avec ses parents, ses quatre frères et sœurs et leur poussin disjoncté à Tournon sur Rhône.